读客科幻文库

跟着读客读科幻，经典科幻全看遍。

地海传奇 | 第①部 | Earthsea Cycle I

地海巫师

A Wizard of Earthsea

Ursula K. Le Guin

[美] 厄休拉·勒古恩 著

蔡美玲 译

江苏凤凰文艺出版社
JIANGSU PHOENIX LITERATURE AND
ART PUBLISHING, LTD

献给我的兄弟

克利夫顿、泰德、卡尔

唯静默，生言语；

唯黑暗，成光明；

唯死亡，得再生：

鹰扬虚空，灿兮明兮。

——《伊亚创世歌》

目录

第一章

雾中战士

WARRIORS IN THE MIST

常受暴风吹打的东北海上，有座孤山之岛名叫弓忒，山巅海拔有一英里①。岛上出身的巫师很多，远近驰名。许多弓忒岛的男人，不管是出生在高山深谷的村镇，还是窄仄幽暗的峡湾港市，大都离乡背井，前往群岛区各城市担任巫师或法师，为岛主效劳，或者浪迹地海诸岛屿，耍耍魔法，追求冒险。有人说，这众多巫师当中，最了不起，也确实经历过最伟大冒险的，当属一位名叫"雀鹰"的法师，他在世时，已被大家尊称为"龙主"和"大法师"。他的生平事迹，在《格得行谊》和诸多歌谣中广为传唱；但本书要讲的这个故事，是他成名前，也是人们为他的事迹编唱歌谣以前的经历。

---

① 1英里≈1.609公里。——编者注（若无特别说明，本书脚注均为编者注）

这位法师出生在十杨村。这座偏僻的村子独自矗立于面北谷的坡顶，往下直至海平面是牧草地和耕地。这山坡上还有别的村镇，零星散布在阿耳河的河湾地区。十杨村上方是蓊郁山林，沿着层层山脊攀升至白雪掩盖的山巅石岭。

法师的乳名达尼，是母亲取的。这个乳名以及他的生命，便是母亲所给予的全部，因为，母亲在他一岁时就过世了。他父亲是村里的铜匠，严厉寡语。达尼有六个哥哥，年纪都长他很多，一个个先后离家，有的去面北谷其他村镇种田或打铁，有的出海远航。因此，家里没人能温柔慈爱地将这么儿带大。

所以，达尼如野草般长大了，个儿高，嗓门大，动作敏捷，骄纵而暴躁。平日，这小男孩与村童在阿耳河源头上方的陡坡牧羊，等他长大些，力气足够推拉鼓风炉的套筒时，他的父亲就用殴打和鞭笞强迫他成为自己的学徒。不过，别指望能从达尼身上榨出多少活儿，因为他老是跑得不见人影，不是在森林深处溜达，就是在湍急冰冷的阿耳河游泳——弓忒岛上的河流，一概湍急冰冷。再不然，就是爬经悬崖和陡坡，穿过森林到山巅上，北眺佩若高岛以北那片辽阔而不见任何岛屿的海洋。

达尼早逝的母亲有个妹妹，也住在村内，达尼在襁褓时全由这位姨母负责照顾。但她有自己的事情，所以，一等达尼长大到可以照料自己时，姨母就不再管他了。在七岁时，男孩对魔法还一无所知，也从没有人教过他任何法术。有一日，他听见姨母对一只跳上茅屋屋顶的山羊大喊，起初山羊不肯下来，但等姨母对山羊高声唱了一串韵词之后，山羊就跳下来了。

第二天，达尼在高崖的草地放牧长毛山羊时，便学着姨母对山羊大声喊出同样的字词。他不懂那些字词的意义和用途，只是照着高声念：

纳罕莫曼，

霍汉默汉！

他喊完韵词后，山羊全部跑过来，行动迅速一致，肃静无声，一只只眯着黄眼睛，注视着达尼。

那段韵词给了他力量支使山羊，他笑起来，把韵词再喊了一遍。这次，山羊更加靠近，挨挨蹭蹭围拢在他周围。它们厚凸的羊角、奇怪的眼睛、诡异的静默，突然间让达尼害怕起来。他想摆脱山羊逃跑，可是，他跑，羊群也跟着跑，始终环绕达尼。最后，山羊和达尼一同下了山，进入村子，羊只仍紧挨着彼此，宛如被一条绳子拴住。被围困在内的达尼，只能恐惧地哭叫。村民从村舍跑出来，边咒骂山羊边嘲笑达尼。小男孩的姨母夹在村民中间，但她没有笑，只对羊群说了一个词。山羊身上的咒语就解除了，咩咩叫着，散开到四处吃草闲逛去了。

"你跟我来。"姨母对达尼说。

她把达尼带进她独居的茅屋。她通常不让小孩进屋子,所以村里的孩子都怕那个地方。那间茅屋低矮幽暗,没有窗户。屋顶对角梁柱上垂挂着药草,有薄荷、野生蒜、百里香、洋蓍、灯心草、帕拉莫、王叶草、蹄形车、艾菊、月桂等。药草自然阴干,散发香气。姨母盘腿坐在屋内火坑旁,两眼透过缠结披散的黑发斜视达尼。她追问达尼到底对山羊说了什么,还问他晓不晓得那韵词的意思。等她发现达尼什么也不知道,却能镇服羊群,让它们靠拢,跟随他跑回村子,这位姨母立刻明白,达尼的内在必然具备魔法的力量。

在她眼里,这小男孩只是姐姐的儿子,一向无足轻重;但从这时起,她对他另眼看待。除了称赞达尼,她还表示,说不定可以传授别的韵词,比如有个词语可以让蜗牛从壳里探头外望,还有个名字可以召唤天空的隼鹰,达尼一定会更喜欢。

"好呀!教我那个名字!"达尼说时,已经忘记刚才山羊带给他的恐惧,反因姨母称赞他聪明而飘飘然起来。

女巫对他说:"要是我教你那个词,可千万不要告诉别的小孩。"

"我答应。"

达尼这种不假思索的童稚天真,让姨母不由得莞尔。"非常好。但我得约束你的承诺，就是让你的舌头没办法转动，直到我决定解除约束为止。但即使约束解除，只要在有人听得见的场合，就算你能讲话，也将无法说出我教你的词。这一行的种种诀窍，我们得保密。"

"好。"小男孩答道。他一向喜欢做大伙儿既不晓得也办不到的事，所以，他才不会告诉别的玩伴呢。

达尼乖乖端坐。姨母束起乱发，系好衣带，再度盘腿而坐。她丢了一把叶子到火坑，一股黑烟散开，弥漫整个幽暗的屋内。接着她开始唱歌，声调忽高忽低，宛如另外有个声音透过她在哼唱。她这样一直唱，小男孩渐渐分不清自己是睡是醒。这期间，女巫那只从不吠叫的老黑狗，张着因烟熏而发红的眼睛，一直坐在小男孩身边。

接着女巫用一种达尼听不懂的语言对他说话，他不由自主跟随姨母念出某些韵词和字。念到最后，魔法镇住了达尼。

"说话！"为了测试法术效力，姨母这么命令达尼。

小男孩无法言语，却笑了起来。

这时，姨母对达尼内在的力量略感畏惧。因为，她刚才施展的这个法术，可说是她所能编构的最强法术了，她原本希望借此控制达尼的说话能力，同时收服达尼为她效劳。然而，虽然咒力约束了达尼，他却仍畅笑不误。

姨母没说什么。她在火堆上泼洒净水，直到烟气消失。然后她让小男孩喝水。等屋内空气转为清朗，达尼又能言语时，她才教他隼鹰的真名。只要说出那个真名，隼鹰必应声而至。

这只是第一步。日后，达尼将穷其毕生追寻这条法术之路，这条路终将带领他翻山越海去追逐一个黑影，直达死亡国度漆黑无明的海岸。可是，从起头这几步来看，法术之路仿佛是一条开阔的光辉大道。

达尼发现，他一用名字召唤，野生隼鹰即俯飞而下，鼓翼咻咻，闪电般栖息在他腕际，那模样与王公贵族的猎鹰实在不相上下。这情形使达尼越发渴望知道更多召唤用的名字，便跑去找姨母，恳求教他雀鹰、苍鹰、鹭鹰等的召唤名字。为了学会那些蕴含力量的词语，无论女巫姨母要求什么，尽管有的不是那么好做、那么好学，达尼全部照做照学。

弓忒人有两句俗话这么说，"无能得好像女人家的魔法""恶毒到有如女人家的魔法"。十杨村这位女巫并不是邪恶的巫婆，她从不碰触高深的法术，也不和太古之力打交道。她一向只是凡夫凡妇群中的平凡女子，虽怀技艺在身，但多半只是用来骗骗这个、唬唬那个而已。像"大化平衡""万物形意"等至理，真正的巫师不仅懂得，且都力守，除非必要，绝不随意施法念咒；但那些至理，这个村野女巫都不懂。不管碰到什么状况，她都有一套咒语应付，而且老是忙着编构新咒语，只不过她那一套大都是无用的幌子。至于法术的真伪，她实在不会辨认。她知道很多诅咒的法子，召疾恐怕比治病更在行。如同一般村野女巫，她也会调配春药，不过要是为了应付男人的嫉妒和仇恨，她倒有好几帖比春药更阴险的方子。但，这些伎俩，她并没有传给年幼的学徒，而是尽可能教授笃实的法术。

起初，达尼学习这些法术技巧的乐趣，就来自召唤奇禽异兽的力量和知识，而这种纯真的童趣，终其一生也都将陪伴他。他在高原上牧羊时，总有猛禽在身旁飞绕，别的村童见了，便开始叫他"雀鹰"。因此，在他的真名尚不为人知时，"雀鹰"这个偶然得来的名字便成了他的通名。

这期间，女巫姨母常谈起术士多么有本事，能拥有超凡的光荣、财富和权力，达尼听了，更加用心地学习更多实用的知识。他学得很快，常得姨母称赞，村童却渐渐害怕他。这使他确信自己不久就可以成为人上人。

就这样，他跟随姨母，一字字、一句句地学，十二岁时，已经把姨母所知的法术大部分学会了。虽然姨母懂得不多，但一个小村庄的村妇女巫拥有那些，已足使用；至于一名十二岁的孩童，仅那些法术就已经够多了。姨母教给达尼的，是她所会的全部药草医术，以及所有关于寻查、捆缚、修补、开锁、显真等技法。她知道的故事歌谣和英雄事迹，也一一唱给达尼听熟。昔日从术士那儿习得的真言，她悉数传授给达尼。另外，达尼还从天候师和游走于面北谷与东树林各村镇的戏耍人那儿，学到许多不同的魔术、幻术和余兴技艺。达尼头一回有机会运用法术来证明自己内在拥有力量，就是上述种种小法术当中的一项。

那时，卡耳格帝国正当强盛，他们统治着北陲和东陲之间的四大岛屿：卡瑞构、峨团、胡珥胡和珥尼尼。卡耳格人的语言，与群岛或其他边陲人民的语言不一样。他们是尚未开化的野蛮人，白肤黄发、生性凶猛、嗜见血腥、喜闻焚城烟味。去年，他们攻打托里口群岛和强大的托何温岛，以大批红帆船组成的舰队进行了突袭。其实，攻打消息早就向北传至弓忒岛，可是弓忒岛的庄主们忙于私务，没怎么留意邻岛的灾祸。

继托里口和托何温之后，司贝维岛接着遭到蹂躏，人民沦为奴隶。直到今天，那里始终是个废墟岛。卡耳格人顺着征服的贪欲，继续航向弓忒岛，三十艘长船浩浩荡荡驶抵东港，向东港全镇开打。一仗打赢，末了还放火焚烧。之后，他们把船舰留在阿耳河河口，派兵守卫，然后大军顺着山谷上行，烧杀掳掠，人畜一概不放过；沿途又分为若干支队，各自选择中意的地点进行劫掠。大难中侥幸逃亡的岛民，把警讯带往高地。不数日，在十杨村就可以看见东方黑烟蔽天。当晚逃上高崖的村民，都见到下

方山谷浓烟密覆，火舌成条。原待收割的庄稼均遭纵火，果园烧透，树上的果实烤得焦烂，谷仓和农舍慢慢烧成灰黑废墟。

有的村民逃进了山谷，藏身树林；有的村民做了打斗保命的准备；还有的完全不行动，只知就地哀叹扼腕。女巫是逃命者之一，她跑到卡波丁断崖的山洞，用法术把洞口封住，一个人躲在里面。达尼的铜匠父亲是留守者之一，因为他不愿抛下干了五十年活儿的熔炉和锻炉。他整夜赶工，把手边可用的金属全打造成矛尖，一同留守的村民顾不得进一步修整，就赶紧把那些矛尖绑在锄、耙等农具的木柄上，因为已经没有时间制作合适的木柄了。十杨村除了一般的猎弓和短刀，一向没有战备武器。毕竟，弓忒山民并非好战百姓，他们不是以战士，而是以羊贼、海盗、巫师出名的。

第二天日出时，高地聚起了白茫茫的浓雾，一如岛上平日的秋天。十杨村四方延伸的街道上，村民一个个拿着猎弓和新锻的矛，站在茅屋、房舍之间等候。他们不晓得卡耳格人的位置是远是近，只能默然凝视眼前那片白雾，它掩藏起了形状、距离与危险，让他们看不清楚。

达尼也在这批留守候战的村民中。前一夜，他不停操作鼓风炉，忙着推拉两只长套筒，向鼓风炉不停吹送空气旺火，所以到了清晨，他两只手臂已经疼得发抖，连自己选来的那支矛，都没法握好。他不晓得这个样子要如何战斗、对自己或村民能有什么帮助。

想到自己还不过是幼童一个，却将被卡耳格人的长矛刺毙；至今还不知道自己的真名——代表长大成人的真名——就要去冥间报到，达尼的内心不由得慌急如绞。他低头注视细瘦的臂膀，由于寒雾四罩，两条臂膀早湿了。他明知自己的能耐，所以此刻的无力徒然让他干生气。他的内在拥有力量，只要晓得怎么使出来就行了。他搜寻已经学会的一切法术，衡量着哪些能用得上——或至少给他和同伙村民一个机会。不幸的是，单靠"需求"不足以释放力量，得有"知识"才行。

明亮的天空，太阳高挂，无遮无隐照射山巅。阳光的热力使附近的迷雾大把大把飘散不见，村民这才看清楚，有支队伍正往山上攀爬。他们穿戴铜制头盔和胫甲，身套皮制护胸，举着木铜合造的盾牌，配挂刀剑和卡耳格长矛。队伍沿着阿耳河曲折的险岸，形成一条有长矛羽饰和哐当声响的行武，迤逦前进。他们与十杨村的距离，已经近得让村民可以看见他们的白面孔，也听得见他们互相高喊的方言。眼前这批来犯的军队，约摸百人，为数倒不多；但十杨村的男人和男孩，加起来才十八人而已。

这时，"需求"唤出了"知识"：眼看卡耳格人前面小路的浓雾渐散，达尼想到一个或许能生效的法术。先前，谷区一个擅长天候术的老伯，为了争取达尼做他的学徒，曾教他几个咒语，其中一个就叫作"造雾"，那是一种捆缚术，可以捆缚雾气，使之聚集在某处一段时间。不只这样，善用这幻术的人还可以把雾气塑造成阴森鬼魅，让它持续一段时间才消散。达尼的法术没有那么厉害，但他的目的并不在此，而且他有能力转变这个法术为己用。念头既定，他立即大声讲出村庄的几个地点和范围，然后口念造雾咒语，并在咒语内加上遮蔽术的咒词，最后，他大声喊出发动魔法的咒词。

就在他施法完成时，父亲从后面走过来，在他头侧重重敲了一记，害他应声倒地。"笨蛋，安静！没本事打斗，就闭上那张念个不停的嘴巴，找个地方躲起来！"

达尼撑腿站起来，他可以听见卡耳格人已经到了村尾，就在皮革匠家前院旁那棵高大的紫杉树边，讲话声音很清楚，马具和武器的铿锵声也听得见，只差还看不到人而已。渐浓的大雾笼罩全村，让天色暗淡下来，四周迷迷蒙蒙，到最后，伸手已不见五指了。

"我把大家藏在雾里了，"达尼口气不悦，因为父亲那一敲，害他头痛得很，加上施念两套咒语，力气逐渐耗弱，"我会尽力守住这阵浓雾，你叫他们把敌军引到高崖上。"

铜匠眼见儿子立在诡谲阴森的浓雾中，状似幽魂，呆了一分钟才领会达尼的意思。他立刻悄然飞奔，村子每道树篱、每个转角，他都了如指掌。找到村人后，他赶紧说明了这次行动。此时，灰茫茫的浓雾中隐约有道红光，看起来像是卡耳格人放火焚烧某间房舍的茅草屋顶。不过，卡耳格人还没爬上山、进村子，而是在村外暂停，想等浓雾消散，再进村子痛宰豪夺。

被烧的那间茅舍就是皮革匠的房子。皮革匠让几个男孩溜到了卡耳格人的鼻子低下，嘲弄叫骂一通，而后溜走，他们的身影完全没入浓雾中，不露形迹。而大人们从树篱后面爬走，跑经一家家村舍，差不多到了村尾时，便对准聚在一起的敌方战士箭矛齐发。一名卡耳格人被一支刚锻造好、仍炽热炙手的矛给射穿身子，痛得滚倒在地。其余被箭射伤的战士怒火中烧，向前急冲，想把这些弱小到他们根本看不上眼的攻击者给劈了，却发现四周尽是浓雾，只闻人声，不见人影。他们只能挥起手中配有羽饰、沾腥带血的硕大长矛，循声向前胡刺。这批外来战士只顾吼吼嚷嚷沿着街道跑，浑然不知自己已穿越整个村子。灰茫茫的浓雾里，空的茅舍房屋隐约浮现，又消失不见。村民散开奔跑，多数人一直跑在敌人前方，因为村子是他们的，当然熟门熟路。只是有几个男孩和老人跑得慢，卡耳格人把他们踩在地上，拿起剑矛，喊着战斗口号乱砍一气，他们喊的是峨团岛双子白神的名字："乌罗！阿瓦！"

有些战士发觉脚下土地变得凹凸不平，便停下来；有些却继续向前，紧追那些游动却始终抓不到的形状，希望能找到他们原欲攻打的那座鬼魅村庄。由于许多闪闪躲躲、忽隐忽现的形状在四面八方飞窜，整片浓雾竟好像是活的。有一伙卡耳格士兵追赶幽魂，一直追到高崖——阿耳河源头上方的悬崖边，谁知追到这里，幽魂忽然凭空消失在渐薄的雾气中，他们自己却穿越茫雾和突然冒出来的阳光，惨叫着从上百英尺①的高崖跌下，坠落到了岩间池水中。稍后赶到而没跌下去的士兵，站在悬崖边上拉长耳朵听着。

这下子，恐惧爬上卡耳格人心田，他们不再追赶村民，开始在怪异的雾中找寻战友。他们在山麓聚集，但身边不是老有些奇形怪影纠缠，就是有些拿矛举刀的形影从后面刺过来，然后消失。卡耳格人急忙往山下跑，跌跌撞撞，不敢出声，直到逃出迷雾范围，清清楚楚看见山村下方沐浴在晨光中的河流和峡谷，才停步集合。回头观望时，他们看见小路整个被一面浮动的灰墙罩着，灰墙后的一切全被包藏起来。从那面灰墙里，陆续冒出来两三个士兵，长矛横肩，跌跌撞撞地向前冲去。走出浓雾的卡耳格人，再也没有一个人回头观望第二次，全部匆匆逃离这块魔地。

----

① 1英尺≈0.305米。

到了山下的面北谷那边，那些战士面对的可是一场硬仗。从瓯瓦克直到岸边，东树林各城镇召集所有男子，齐力对抗入侵弓忒岛的敌人。他们一队队从坡地下山来，当天及次日，卡耳格人被紧紧追赶到东港北边的海滩。在那里，卡耳格人发现他们的船只全遭烧毁，已无退路，背海一战的结果是，悉数被歼灭。阿耳河河口的沙子被乌血染成褐色，浪潮来了才冲走。

　　那天早上，蒙雾在十场村和高崖上逗留些时，后来在转瞬之间飘散无踪。雾散后，村民站在秋风中丽阳下，四下张望，想不通缘故。只看见地上这儿躺着一名死去的卡耳格士兵，散乱的黄色长发沾满鲜血；那儿躺着村子的皮革匠，如帝王一般光荣地战死了。

　　村里遭纵火的那房子还在燃烧。由于打胜仗的是村子这一方，大伙儿于是跑去把火扑灭。街上那棵紫杉树附近，村人发现铜匠的儿子独自站在那里，身上不见半点伤痕，却有如受了惊吓般默然呆立。于是，大家领悟了达尼刚才的作为，立刻将他带进他父亲的屋子，再快去把女巫从洞穴里找出来，全力医治这个救了大家性命和家产的孩子。这场战斗，总计只有四个村人被卡耳格人杀死，只有一间房子被烧毁。

　　小男孩身上一处武器伤口也没有，却不吃不睡不言不语，仿佛完全听不到旁人对他讲话，也看不见前来探望的人。附近地方的巫医，没有一个能治好他。姨母说："他过度使用了力量。"可是，她没有法术能医治他。

达尼昏沉麻木，卧床不起。但他操雾弄影，吓走卡耳格战士的经过，立刻一传十、十传百，西北谷、东树林、山头山尾，甚至弓弑港的岛民，全听说了这故事。所以，在阿耳河河口大屠杀后的第五天，一个陌生人走进十场村。这陌生人既不年轻也不年老，披着斗篷，没戴帽子，轻轻松松手执一根与他等高的橡木长杖，缓步行来。但是，一般人到十杨村，大都从阿耳河上行，这陌生人却从山上的森林走下来。村妇们一见，即知这人是巫师，又听他说什么杂症都能医，便引他直接到铜匠家。

陌生人驱散村民，只留下达尼的父亲和姨母，他弯腰察看躺卧在小床上的达尼，然后把手按在男孩额头，同时碰一下男孩的嘴唇。

达尼慢慢坐起身子，四下张望。才一会儿，他就说话了，力气和饥饿感也渐渐回来了。他们给达尼一点东西吃喝，达尼吃完又躺回床上，但深色的双眼一直疑惑地看着床边这陌生人。

铜匠对陌生人说："你不是普通人。"

"将来，这男孩也不会是普通人。"对方答道，"我住在锐亚白镇，这孩子操控浓雾的故事远传到我们镇上。假如大家说得没错，这孩子还没举行成年礼，准备迈入成年，那么我此行目的是来授予他真名的。"

女巫小声对铜匠说："兄弟，这人肯定是锐亚白镇的法师'缄默者'欧吉安，就是曾经镇服地震的那个法师……"

这铜匠一向不肯被显赫名声吓倒，便说："先生，我儿子这个月才要满十三岁，我们原本计划在今年日回宴为他举行成年礼。"

"尽早授予他真名比较好。"法师说，"因为他需要他自己的名字。现在，我还有别的事情要办，但我会在你选的那个日子回来。要是你认为合适，行礼完毕我就带他跟我一起回去。假如他适合，我就收他为徒，或送他去合乎他资质的学习场所。因为，天生的法师心智，若滞留于黑暗，是危险的事。"

欧吉安说话非常温和，但口气坚定，连死脑筋的铜匠都被说动同意了。

孩子十三岁那天，是灿烂的早秋之日，鲜丽树叶仍挂枝头。欧吉安云游弓忒山回来，成年礼正在举行。女巫姨母把男孩出生时母亲给的名字"达尼"取走。没了名字的他，裸身步入阿耳河的清凉源泉中——那源泉位于高崖下方的岩石间。他踏入水中时，阴云遮去太阳，大片黑影覆盖男孩四周的池水。男孩横越水池，走到较远的另一岸。尽管池水让他冷得发抖，他仍然按照仪式，挺直身子慢慢走过冰冷的流水。等在那儿的欧吉安伸手紧握男孩手臂，小声对他讲出他的真名："格得。"

这就是一位深谙魔法力量的智者授他真名的经过。

那时，距离欢宴结束的时间还早。全村人开心作乐，因为食物丰盛，也有啤酒喝，还有从山下谷区请来的诵唱人在宴中唱颂《龙主行谊》歌谣。法师欧吉安用沉静的声音对格得说："来，孩子，向你的族人道别，让他们继续享受这场欢宴。"

格得带上了他随身须带的东西：一把上好铜刀，是父亲为他打造的；一件皮外套，是皮革匠寡妇照他的身材改的；一支赤杨木手杖，由姨母祝了咒。这三样东西就是除了衣裤以外，他拥有的全部家当。他向大家道别：滔滔人世，这些村民是他所认识的全部。回头再望一眼散布在悬崖下方、聚集于河源上方的十杨村之后，格得偕同新师父上路，穿越这座孤山岛的陡斜林地，穿越灿烂秋日的繁叶簇影。

第二章

黑 影

THE SHADOW

格得原以为当了大法师的徒弟，便可以立刻投入魔法的秘境：他将听得懂兽语及林中树叶的语言；可以运用咒语操控风向，也能学会任意变换身形之术；说不定还能和师父化为雄鹿一起飞奔，或共同展开鹰翼飞越弓忒山到达锐亚白镇。

　　但事实远非所盼。他们闲步前进，先从山上走到谷区，然后环山慢慢往南，再向西行。他们师徒和一般穷酸的游走术士、锅匠、乞丐没有两样，沿途寄宿小村，或在野地过夜。他们没有进入什么神秘之境。什么事也没发生。格得初次看到法师的橡木长杖时，内心既渴望又敬畏，但不久就发现，那不过是一支帮助行走的粗棍子而已。三天过去了，四天过去了，欧吉安仍然连一个咒法都没有传授，也完全没有教他什么名字、符文或法术。

　　欧吉安尽管很沉默，却十分祥和平静，格得很快就不再感到畏惧。所以不过一两天时间，他就敢放心问师父："师父，我什么时候开始学艺呢？"

"已经开始了。"欧吉安说。

格得默然不语，仿佛把心里的话吞了回去。过了一会儿，他还是说了："可是我什么也没学到呀！"

"那是因为你还没有发现我在教你什么。"法师一边回答，一边继续迈开长腿，稳步前行。当时，他们正走在瓯瓦克和巍斯之间的山路上。这位师父和多数弓忒人一样，肤色暗沉，接近铜褐色；灰发，清瘦强健如猎犬，坚韧耐劳。他话不多、吃得少、睡得更少，但耳目极其敏锐，脸上常露出聆听般的神态。

格得没接腔——回答法师总是不容易。

一会儿，大步行走的欧吉安说："你想操控法术，老实说，你已经从那个泉源汲取过多的泉水了。要等。要成为真正的男人必须有耐心，而精通法术所需的耐心更是九倍于此。路旁那是什么药草？"

"蜡菊。"

"那个呢？"

"不晓得。"

"一般人称之为四叶草。"欧吉安停下来，杖底铜尖指着路旁野草。格得于是贴近细瞧，并摘下一个干豆荚。由于欧吉安没再说什么，他便问："师父，这草有什么用途？"

"我一无所知。"

格得拿着豆荚继续前行一会儿之后，就把它扔了。

"等你从四叶草的外形、气味、种子，认识四叶草的根、叶、花在四季的状态之后，你就会晓得它的真名，明白它存在的本质了，这比知道它的用途还重要。你说说看，你的用途是什么？我的用途又是什么？到底是弓忒山有用，还是开阔海有用？"又走了约摸半里，欧吉安才说："要聆听，必先静默。"

男孩皱起眉头，被人这么一说，觉得自己像傻瓜一样，他可不喜欢。但是，他抑制住不悦和不耐，努力表现出顺服的样子，希望能因此让欧吉安教他些什么，因为他渴望学习，渴望获得力量。但渐渐地，格得开始认为，似乎随便跟从哪个药草夫或村野术士出来散步，都可以学得多些了。等到两人沿着盘旋的山路西行，过了巍斯，走入荒僻的森林以后，格得更是愈来愈不明白，欧吉安这位伟大的法师究竟有什么伟大，他又有什么魔法。因为每逢下雨，欧吉安连每个天候师都晓得的挪移暴雨的咒语也不说。像弓忒岛或英拉德岛这种术士云集的岛屿，常可能看到乌云缓缓从这边跌到那边，从这处滚到那处，因为一个接一个的法术会不断把乌云挤来挤去，直到把它们赶到海面上方，让雨水平静地落入海中。可是，欧吉安却任凭大雨爱落哪儿就落哪儿，他只会找棵丰茂的冷杉树，躺在树下而已。格得蹲在滴雨的树丛间，湿淋淋地生着闷气，他想不通：要是过度明智而不知使用，那么空有力量，又有何用？他倒宁愿跟随谷区那个老天候师，当他徒弟，至少还可以干着身子睡觉。格得一语不发，没把内心的想法讲出来。他的师父微微笑着，后来就在雨中睡着了。

将近日回、第一场大雪降在弓忒山巅时，师徒俩才抵达锐亚白镇欧吉安的家。锐亚白小镇坐落在高陵的岩石边上，镇名的意思是"隼鹰巢"。从高踞山陵的镇上，可以远望弓忒深港和港口塔房，也可以见到船只进出雄武双崖之间的海湾闸门。向西极目，越过海洋，可依稀看出欧瑞尼亚岛的蓝色群山。欧瑞尼亚岛是内环诸岛的极东岛屿。

法师的木屋虽大，搭建又牢固，但里面用来取暖的，却与十杨村的茅屋一样，是壁炉和烟囱，而不是火坑。整栋屋子就是一个房间，其中一侧的外面盖了羊舍。西墙有个壁龛似的凹处，格得就睡那儿。草床的上方有扇窗户，看出去可以望见大海，但窗板得常常关着，以防着整个冬天由西边和北边猛吹过来的强风。

格得在这间房子里度过了阴暗温暖的冬天，日日所闻，不是屋外吹袭的风雨，就是下雪时的寂静。他开始学写字，并阅读《赫语符文六百》。他很高兴能学习这项知识，因为一个人若是少了这一项技能，只靠死记硬背的咒语、法术，是不可能真正精通魔法的。群岛区的赫语虽不比其他的人类语言多有魔力，却根源于太古语。太古语中，所有事物的名称都是真名，若想看懂太古语，就得先学习符文——这种早在世间岛屿浮出海洋之时就写成的符号。

仍然没有奇事及魔法发生。整个冬天不外乎翻动符文书沉重的书页、落雨、下雪；欧吉安也许会在漫游冰冷的树林后返家，也许会在照顾羊群后进门，把沾在靴子上的雪花跺去，静静地在炉火旁坐下。接着，法师会细细聆听，许久不语，那沉默会充塞整个房间，充塞格得的心思，一直到连欧吉安似乎都忘了话语是什么声音；等到欧吉安终于开口，就宛如他当时才破天荒发明了话语似的，然而欧吉安讲的，都不是什么大事，不过是些诸如面包和饮水、天气和睡眠之类的简单小事。

春天来临时，世界转眼明亮起来。欧吉安时常派格得到锐亚白镇上方的草坡采集药草，还告诉格得，爱待多久就待多久，给他整天的自由，走过雨水满注的溪流河岸，穿越阳光下的树林和湿润的绿色旷野。格得每一回都高高兴兴地出门，到晚上才回来；但他也没忘记药草的事，爬山、闲逛、涉溪、探险时，他都留意寻找，每次总会采些回来。有一次，他走到两条溪流之间的草地，那里长满了一种叫"白圣花"的野花。由于这种花很稀有，深受医者称道，所以格得第二天又去摘，结果有个人比他更早到，是个女孩。他见过那女孩，晓得她是锐亚白老镇主的女儿。格得原本不想与她攀谈，她却走过来，愉快地向他问好："我知道你是谁，你就是雀鹰，是我们法师的高徒。真希望你告诉我一点法术！"

格得低头注视着轻触她白裙裙缘的那些白花，起初他感到害羞和不悦，几乎没回答什么，但女孩继续讲，她大方、无虑、主动的态度让格得也慢慢轻松了起来。女孩个儿高，年龄与格得相仿，面色蜡黄，肤色淡得近乎白色。村里的人都说，她母亲来自欧司可可岛或某个诸如此类的外岛。女孩长长的直发垂下来，宛如一道黑色瀑布。格得认为她长得很丑，但就在谈话间，他内心却渐渐产生一股欲望，想取悦她，赢得她的钦佩。女孩促使他谈起以前怎么用计操纵迷雾打败卡耳格战士的故事。她聆听时，好像又入神又佩服，却没说什么赞美之词。不一会儿，她换了个话题，问道："你能把鸟兽叫到你身边吗？"

"能呀。"格得说。

他知道草地上方的悬崖里有个隼鹰巢，于是便叫隼鹰的名字，把它召唤下来。隼鹰飞来，却不肯栖息在格得的腕上，显然是因为女孩在场而退却。只听这隼鹰大叫一声，鼓动生有条状斑纹的宽大双翼，飞上天空了。

"这种让隼鹰过来的魔咒，叫作什么？"

"召唤术。"

"你也有办法叫亡灵到你身边吗？"

由于刚才隼鹰没有完全遵从格得的召唤，所以格得以为她是用这个问题在取笑他。他才不让她取笑呢，便平静地说："我想召唤，就有办法。"

"召唤魂灵不是很难、很危险吗？"

"难是难，但，有什么危险的？"格得耸肩。

这一次，他确信女孩双眼都流露出佩服之色。

"你也能施展爱情魔咒吗？"

"那又不是什么了不起的本领。"

"也对，"女孩说，"随便哪个村野女巫都会。那你会变换咒语吗？你能像传说中的巫师那样，随意变换自己的外形吗？"

再一次，格得不太确定她是不是借问题来取笑他，所以再度答道："我想变，就有办法。"

女孩开始央求格得随意变个身形，老鹰、公牛、火焰、树木都可以。格得以师父说过的一些闪烁言辞暂时搪塞女孩，却不知道该怎么断然拒绝女孩的巧言劝诱；而且，他也不确定自己相不相信刚刚夸下的海口。他推说法师师父等着他回家，便离开了，第二天也没有回到那片草地上。

但，隔一天他又去了。他告诉自己，应该趁着花儿盛开，多采些花回来。他去时，女孩也在那儿，两人还一同赤脚踩着湿软的草地，用力拔起地上的白圣花。春阳高照，女孩与格得说话时，就和弓忒村的牧羊女一样兴高采烈。她又问到格得魔法，还睁大双眼聆听他讲述的种种，这使得格得又开始自吹自擂。接着，女孩问他是否不肯施展变换咒语，当格得再度推托，女孩就把自己脸上的黑发拨到后面，注视着他说："你是不是害怕？"

"我才不怕呢。"

她有点轻视地微微一笑，说："大概是你还太年轻了。"

这句话格得可咽不下去。他没多说什么，但决心证明自己的本事给她看。他对她说，要是她想看，明天再来这个草地，说完后就离开了。格得回到家时，师父还没回来。他直接走向书架，把架子上那两本术典拿下来。那两本书，欧吉安还从没在他面前翻过。

他翻寻自身变形术的记载，可是由于符文读起来速度慢，而且也看不太懂，所以他找不到。这两本书十分古老，是欧吉安从他的师父"远观者"赫雷那里得来，而"远观者"赫雷又从他的师父佩若高大法师那里得来，如此可以一直追溯到神话时代。书中的字又小又怪，而且经过几代不同的笔迹重写、补遗，如今使用那些笔迹的人都已归于尘土了。不过，格得勉强读着，倒也零零星星看懂一些。由于那女孩的问题和取笑一直在他心里盘旋，所以他一翻到召唤亡灵那一页，就停了下来。

正当格得读着，把那些符文和记号一个个破解厘清时，他心中却升起了一股恐惧。他两眼仿佛被钉牢般无法移开，直到读完整条咒语为止。

他抬起头，发现屋内已暗了下来。他刚刚一直没有点灯，就在黑暗中阅读。现在他低头俯视书页，已经无法看清书中的符文了，然而那股恐惧却在他内心扩大，好像要把他捆绑在椅子上似的。他感觉发冷，转头环视时，好像看见有什么东西贴伏在关着的门上，是一团没有形状、比黑暗更黑暗的黑影。那团黑影好像要朝他靠近，还低语着，轻声叫唤着他，但是他听不懂那些话。

这时，房门霍然大开，一个周身绽放白光的男子走进屋子。那巨大明亮的形体突然激烈地大声说话，驱散了黑影，细小的呼唤声也因而消失。

格得内心的恐惧虽然就此逝去，但他依旧极度不安——因为周身发亮站在门口的，正是法师欧吉安，他手里的那根橡木杖，也散发出耀眼的白光。

法师没说什么，他经过格得身边，把油灯燃亮，再把书放回架上。这时他才转头对男孩说："施展那种法术，一定会使你的力量和性命陷入险境。你是为了那种法术，才翻阅那两本书的吗？"

"不是的，师父。"男孩先是嗫嚅，然后才羞愧地告诉欧吉安他在找什么，还有寻找的原因。

"你不记得我告诉过你的话吗？那女孩的母亲是镇主的妻子，也是个女蛊巫。"

欧吉安的确说过一次，但格得不太留意。现在他才知道，欧吉安告诉他的每一件事，都有充分的理由。

"那女孩本身也已经是半个女巫了。说不定就是母亲派女儿来找你攀谈的。刚才说不定也是她把书翻到你读的那一页的。她效劳的那些力量不同于我效劳的，我不了解她的意志，但是我知道她对我没有善意。格得，你仔细听好，你是不是从来没有想过，为什么危险必然环绕力量，正如黑影必然环绕光亮？魔法不是我们为了好玩或让人称赞而玩的游戏。想想看我们法术里说的每个字、做的每项行动，若不是向善，就是向恶。所以在张口或是行动之前，一定要知道事后的代价！"

由于羞愧使然，格得大喊："你什么也没教我，我怎么会知道这些事？自从跟你一起住了以后，我就什么事也没做，什么东西也没看到——"

"现在你已经看到一些东西了，"大法师说，"就在我进来时，那黑暗的门边。"

格得默然无语。

屋里很冷，所以欧吉安跪在壁炉边生起了炉火。然后他继续跪在地上，平静地对格得说："格得，我的小隼鹰，你不用绑在我身边或服侍我。当初并不是你来找我，而是我去找你。你的年纪还太轻，不能作这种选择，但我也不能代你选择。要是你真的那么想学，我就送你去柔克岛，所有高明的法术都在那里教授，任何你有心想学的技艺，你都能在那里学到，因为你的力量很强大——但我希望那比你的骄傲要强大。我也愿意把你留在这儿跟着我，因为我有的，正是你缺乏的，但是我也不会硬留着你，违背你的意愿。现在你自己决定，要留在锐亚白，还是去柔克岛。"

　　格得呆立在原地，内心惶惑。这些日子以来，他已经渐渐喜爱这个名叫欧吉安的人了，欧吉安曾经一触便医好他，也从不曾发怒。格得到现在才明白自己爱他。他注视着斜倚在烟囱一隅的木杖，想起那木杖刚才绽放的光芒，驱走了黑暗中的邪恶。他很渴望留在欧吉安身边，继续同他游走森林，久久远远，好学习如何沉静。可是，另一种渴望也在他心中跃动不止，他期待光荣，也想要行动。要使法术娴熟，追随欧吉安似乎是一条漫漫长路，一条耗费时日的无名小径，而他其实或许可以迎着风，直接航向内极海，登上"智者之岛"，那里的空气因魔法而明亮，还有大法师在奇迹中行走。

"师父，我去柔克岛。"他说。

就这样，数日后一个阳光明媚的春晨，欧吉安陪格得从高陵的陡坡大步下来，走了十五英里路到达弓忒岛的大港口。看守弓忒城雕龙大门的守卫，一见法师驾临，立刻举剑下跪相迎。守卫认得欧吉安，他们一向待他为上宾——一方面是遵照城主的命令，另一方面也是出于自愿，因为十年前欧吉安曾让该城免于震灾。要不是有欧吉安，那场地震早就把富有人家的塔楼夷为平地，震落岩石封堵住雄武双崖间的海峡了。当时，幸亏欧吉安对弓忒山说话，安抚它，如同镇服一只受惊吓的猛兽，这才平定高陵的崖壁颤动。格得曾听人提起这件事，而此刻，他惊见守卫都向他沉静的师父下跪，才又想起这件轶事。他仰目一瞥这个曾经镇服地震的人，几乎感到畏惧，但是，欧吉安的面容平静如昔。

他们往下走到码头，港口长连忙过来欢迎欧吉安，询问有何需要效劳之处。法师说明情况，港口长立刻表示有艘船要开往内极海，格得可以作为旅客乘船。"他要是会法术，他们说不定还可以请他担任捕风人，因为那艘船上没有天候师。"

"这孩子会一点造雾法，但不懂海风。"法师说着，一手轻放在格得肩上，"雀鹰，你还是个陆地人，可别打海洋和海风的主意。港口长，那艘船叫什么名字？"

"叫'黑影'，从安卓群屿装载了毛皮和象牙来，要到霍特镇去。是艘好船，欧吉安师父。"

大法师一听到船名，脸色就沉了下来，但他说："就搭那艘船去吧。雀鹰，把这封信交给柔克学院的护持。一路顺风，再会！"

欧吉安的道别话仅止于此。一说完，他便转身从码头大步往坡上的街道走去，格得孤单单地站着，目送师父离去。

"小伙子，你跟我来。"港口长说着，把格得带到"黑影"准备启航的码头。

一个孩子在一座五十英里宽的岛屿日日面海的悬崖下的村庄成长，却不曾登船，也不曾把手指伸入咸水中，似乎很奇怪。但事实就是如此。这个陆地人曾是农夫、牧羊童、放牛童、狩猎人、工匠，他把海洋看成是一片咸而无常的领域，和他一点关系也没有。距离自己村子两天脚程的另一个村子，便是陌生异地；距离自己岛屿一天航程的另一个岛屿，纯粹是传闻，是由海面远眺的茫茫山丘，不像他所行走的扎实土地。

所以对不曾从高山下过来的格得而言，弓忒港是个令人生畏又叫人惊叹的地方。码头、船坞、系泊处，共约半百船舰，有的在港边停泊，有的被拖来准备修理，有的收了帆桨停靠在泊口；水手用奇异的方言大声讲话；码头工人背扛重物，快跑穿梭经过桶子、箱子、缆绳、桨堆等等；大胡子商人身穿毛茸茸长袍，一边讲话，一边小心走过黏糊糊的水上石路；渔夫卸下渔获；桶匠叩叩敲敲；造船人咚咚打打；卖蟹人叫叫卖卖；船主吼吼嚷嚷。在这一切之外，是波光粼粼的静寂海湾。双眼、双耳和脑子都深受冲击的格得，跟随港口长走到"黑影"系泊的宽阔码头，再由港口长领着去见船长。

既是法师拜托的事，不消几句话，船长即同意让格得作为乘客前往柔克岛。港口长于是让男孩单独留在船长那儿。"黑影"的船长高大肥胖，穿件毛皮镶边的红斗篷，与多数安卓群屿商人一样。他连一眼也没瞧格得，只问："小子，你会操控天气吗？"

"会。"

"你会唤风吗？"

格得只能说不会。

一听他说不会，船长便要他找个不碍事的地方待着。

这时，桨手陆续登船。这艘船预定傍晚以前驶至港外停泊口，然后利用黎明退潮启航。

格得根本找不到一个不碍事的地方，只好尽力爬到船尾堆积货物的地方，紧紧抱住货堆，观看一切。桨手跳上船来，他们都是结实汉子，手臂特壮。码头工人把水桶滚到船坞，再安到桨手的坐凳底下。这艘建造精良的船，载重量大，吃水深，可是被岸边波浪一推一送，也是会稍微颠晃。舵手在船尾柱的右边就位，

厚坚

列夫

博茨　乌扎次

罗格密

欧司可可山脉

别

欧司可可海峡

内玄

梭瑞司克

欧司可

英拉德

挪斯特

欧司可海

碎石礁

英

拉英

伊

依波司可

德群岛

亚

突普

偕梅　道恩

海

西勒

安丹婆山

彼西

德黑门

纳维墩

帕恩

伊彼西

黑弗洛

偕勒多

欧农

革梅

贝茨

法力恩山脉

欧恩山

偕勒多之门

帕思

婆叟

黑斯岳

乌里

海

龙居诸屿

黎斯克

乌西翟洛

艾伯恩

耶逊

托林峡

斜辟墟

托宁

欧莫

印嘎特

昂图哥

下托宁

厚斯克

阿尔克

伊里安

蝻多

奈墟

内极海

西　陸

九十屿

卓干

柔克

吉斯

绥尔镇

柯梅瑞

偶港

开尔突

阿林思

安丝隆

瑟得

邻开尔突

法尔突

帕迪

富峤镇

阿巴

西姆利

瓦梭　肖尔

节西济

弥斯

赛特

沙

洛拔纳瑞

欧贝侯

路得

南　陸

等候船长下令。船长坐在龙骨和船首交接的一块支撑厚板上，船首雕刻着安卓岛的古代蛇形。船长高吼开船的命令之后，"黑影"被解缆，由两条划艇牵引离开船坞。接着，船长高吼："开启桨眼！"每边各十五支大桨"咔"的一声，同时开划。船长旁边一名小男孩负责打鼓，桨手弓起有力的背，依鼓声划桨。宛如海鸥展翅飞翔之易，这艘船轻轻松松划出去。港市骚乱嘈杂的声音，一下被抛在后面，他们划入海湾寂静的水域。弓忒山白色的山巅突出水面，仿佛悬挂在海上。船锚在行经雄武双崖南侧下风处的一个浅湾时被抛掷出去，船只停泊在夜色中。

　　船上七十名水手，有几个和格得一样年轻，但都举行过成年礼了。这些年轻人邀请格得过去与他们一同餐饮。这些水手看起来虽然粗野，而且爱讲笑话嘲弄人，但不失友善。他们叫格得"放羊的"——这是当然，因为格得是弓忒岛人。但除了这些，水手并没有什么不敬之举。格得的外貌和一般十五岁男孩一样高壮，旁人是称赞也好，是揶揄也好，他的反应都够敏锐，因此在船上颇得人缘，甚至头一个晚上他就已经与大家打成一片，并开始学习船上的工作了。这很称船上那些高级船员的意，因为船上没有地方容纳无所事事的旅客。

　　没有甲板的船上，塞满了人和帆具以及货物，船员几乎没有什么空间，也完全谈不上舒适，但格得的舒适又是什么呢？那天晚上，他躺在船尾捆成一卷一卷的北岛生毛皮上，仰望港湾上方的春夜星空，远望城市点点黄灯，时醒时睡，满心欢喜。黎明前，潮汐回退，他们收锚，轻缓地把船只从雄武双崖间划出海。日出染红后方的弓忒山头时，他们升起主帆，经弓忒海向西南方前进。

和风吹送他们驶经巴尼斯克岛与托何温岛。第二天，群岛区的"心脏"与"壁炉"黑弗诺大岛便已然在望。其后整整两天，他们沿着黑弗诺的东岸行驶时，都可以看见岛上的青绿山丘，但是他们却没有靠岸。不出几年，格得便有机会踏上这块陆地，或在世界的中心观看黑弗诺大港口的白色塔楼了。

他们在威岛北岸的港湾肯伯口停了一夜；第二天在飞克威湾入口处的一个小镇过夜；第三天经过偶岛北角，驶入伊拔诺海峡。他们在那里把船帆降下，改为划桨，因为这一带，总有一侧是陆地，也一定能和其他船只打招呼，无论是大小船只还是商人货贾，他们有的常年行驶海上，载运着奇货从外陲区而来；有的则像麻雀跳跃似的，只在内极海各岛屿间往来。

从熙熙攘攘的伊拔诺海峡南转之后，他们背对着黑弗诺岛航行，经过阿尔克、伊里安，这两座岛仅中等大小，城市却很多。接着，由内极海驶向柔克岛的那段航程，开始下雨起风。

夜里，风力转强，他们降下船帆与桅杆。次日一整天划桨前进。这艘长船虽然平躺在波浪之上，雄浑前行，但船尾的舵手掌着长舵桨，注视击打大海的天雨时，却除了滂沱大雨，什么也看不见。借由磁石指引，他们转向西南，虽然还算清楚该怎么行驶，却不知道是在穿越什么水域。水手谈到柔克岛北方的沙洲，也提起柔克岛东边的波里勒斯岩。格得在一旁静听。有人争论说，他们现在可能早就进入柯梅瑞岛南方的开阔水域了。

海风越来越强，被吹碎的巨浪变成水沫飞溅。虽然他们依旧划桨向西南前进，但每个人的划桨工时缩减了，因为风雨中划桨非常辛苦。连较年轻的桨手，也都是两人负责一支桨。自从驶离弓忒岛以后，格得也和其他水手一样轮班划桨。没划桨的人要去汲水，因为大量海水飞涌入船里。大风吹袭的海浪，有如冒烟的山脉在狂奔。大伙儿任风雨打在背上，虽然又痛又冷，始终没歇手。鼓击声穿透暴风雨的轰隆声，有如怦怦心跳。

一名水手跑去替代格得的划桨班，要他去船首找船长。船长那件斗篷的镶边上，尽管雨水奔泻，但他照旧像只大酒桶似的，顽强挺立在甲板上。他低头看格得，问："你有办法减小这风势吗，小伙子？"

"不行，先生。"

"对付铁，你行吗？"

船长的意思是，格得能不能扭转罗盘指针，让它指出柔克岛的方向——指出他们需要的方向，而不是指北。那种技巧是海洋师傅的诀窍之一，但格得照旧得说：他不会。

"既然这样，你就必须等我们到了霍特镇，另外找船载你去柔克岛。因为现在，柔克岛一定在我们西边，但这样的风雨，只有靠巫术才能带我们航越这片海到柔克岛。而我们的船必须一直向南行驶。"

格得不喜欢船长这个安排，因为他曾听水手谈起霍特镇，晓得它是个怎样无法无天的地方：往来的船只尽干坏事，很多人被抓去当奴隶卖到南陲。

他回到原本划桨的位置，与同伴合力划，这位同伴是个壮实的安卓少年。他耳朵听着鼓声咚咚，眼睛看着船尾悬挂的灯笼随风跳动——那盏灯笼真是薄暮急雨中受折磨的一抹微光。在一起一落用力划桨的节奏中，只要能有空当，格得尽量向西望。有一次，船被海浪高举起来时，在那片黑压压雾茫茫的海水之上，云层之间，他突然瞥见一丁点亮光，看似夕阳余晖，但不是夕阳那种红色，而是清亮的光。

他的划桨伙伴没看见那光亮，但格得人叫说有。船只每次被海浪高举起来时，舵手也拼命看，总算见到格得所说的光亮，但他回吼说，那是夕阳余晖。于是，格得叫一个正在汲水的年轻人替他划一下桨，自己设法走过板凳中间的窄小走道。行走时，他必须紧抓雕龙的船缘，才不会翻出船外。到了船首，他大声对船长说："先生！西边那光亮是柔克岛！"

"我没看见什么光亮呀！"船长大吼。格得急忙伸手遥指，结果，在疾风暴雨、巨浪滔天的大海西边，大家都瞧见了那个放射清晰光芒的亮点。

船长立刻高声叫舵手西行，驶向那光亮。他不是为了他的旅客，而是为了不让他的船再承受暴风雨。他对格得说："乖乖，你说话倒像个海洋巫师。但我可告诉你，在这种鬼天气之下，如果你把我们带错方向，到时候我会把你丢出船，叫你游泳去柔克岛！"

现在，他们虽然不用抢在暴风雨前头行驶，却必须划船横穿过风向。这可难了，因为海浪正面冲击船舷，所以老是把船往南推离新航线。而且海水一再打进船里，汲水动作不能稍歇。而桨手也得留神，免得船只左右摇晃时，先把他们拉回的桨抬出海水，顺势再把他们整个人抛掷在板凳之间。

由于暴风雨的关系，乌云蔽空，天色幽暗，但他们有时还是可以看见西边那光亮，这就足够让他们据以调整航线，勉力前进了。最后，风力稍微减弱，那光亮渐渐变大。他们继续划行，好像每划一下，就多躲开暴风雨一点，也多驶入清朗的空气一点。那情形宛如穿过一张帘幕进入一处清朗的天地，而在那处清朗天地里，空中和海面都泛发日落后的红光。从浪头上方看去，他们见到不远处有座高圆的绿色山丘，山下是一座建在小海湾里的小镇，海湾里的船只都安静地定锚而泊。

舵手倚着他的长舵桨，回头大叫："先生！那是真的陆地，还是巫术变的？"

"你这没头没脑的笨蛋，继续保持前进方向！划呀，你们这些没骨气的奴子奴孙！任何一个傻瓜都看得出来，那就是绥尔湾，还有柔克岛的圆丘呀！划！"

于是，桨手随着咚咚鼓声，疲乏地把船划进海湾。湾内无风无雨很宁静，所以他们可以听见镇上的市声及钟声，与暴风雨的轰隆巨响远远相离。岛屿周围一英里外的北方、东方和南方，乌云高悬；但柔克岛上方，天空宁静无云，星斗正一颗颗露面放光。

第三章
巫师学院

THE SCHOOL FOR WIZARDS

当晚，格得睡在"黑影"上，次日一早便与他生平第一批海上同伴告别。他爬上码头时，大伙儿都欢欢喜喜在后头大声祝福他。

绥尔镇不大，挑高的房子簇拥在窄小陡斜的几条街上，可是在格得看来，就像一座城市一样，实在不晓得该往哪里走才好。他向碰到的头一个镇民打听，哪儿可以找到柔克学院的护持，那人斜眼打量他一会儿，才说："智者不需要问，愚者问了也徒劳。"讲完便径自沿街走开。格得只好继续爬坡上行，一直走到一座广场。广场的其中三面是筑有尖锐石板屋顶的房舍，第四面是一栋雄伟建筑，墙上仅有的几扇小窗比房舍的烟囱顶端还要高，那建筑采用坚实的灰岩建造而成，看起来像是碉堡或城堡。它底下的广场区搭了些市场棚架，棚架之下有人群来往。格得走过去询问一位提着一篮贻贝的老妇，老妇回答："学院护持不在他在的地方，但偶尔可在他不在的地方找到。"说完就提着赀贝继续叫卖去了。

那栋雄伟建筑的一角，有扇不起眼的小木门，格得走过去用力敲。有位老人来开门，格得对他说："我带来一封信，是弓忒岛的欧吉安法师要我交给这岛上学院护持的。我要找那位护持，但不想再听什么谜语或取笑了！"

"这里就是学院。"老人温和地说，"我是守门人。你若进得来，就进来。"

格得移步向前。他觉得自己已穿过门槛，实际却还站在原本所在的门外行道上。

他再次向前，结果仍立于门槛外的原地。门槛里的守门人眼神平和地看着他。

格得感到愤怒大于困惑，因为这似乎是对他的加倍捉弄。于是他伸手出声，施展起很久以前姨母教过他的"开启术"，那是姨母所有咒语中的至宝，格得能操持自如。但那毕竟只是村野女巫的一个魔咒，所以把持门槛的力量完全不为所动。

开启法术失效，格得在行道上呆立良久。最后，他注视着门槛内等候的老人，心不甘情不愿地说："我进不去，除非你帮我。"

守门人回答："说出你的名字。"

格得又呆立不动。因为除非碰到大于性命的危险，否则一般人绝不会大声说出自己的名字。

　　"我叫格得。"他大声说。接着他向前移步，进了门槛。可是他仿佛觉得，光虽然在他身后，有个黑影却紧随他进门。

　　他原以为门槛是木制的，进门后转身一看才发现，其实是没有接缝的牙制门槛。后来他才知道，那门栏是用巨龙的一颗大牙做成的。而老人在他进来后合上的那扇门，则是由光亮如洗的龙角制成。外头的白日天光穿透龙角门，微微照亮屋内。龙角门内面雕镂了"千叶树"。

　　"欢迎光临，孩子。"守门人说完，没再多言，即带领格得穿过许多厅廊，到了距离外墙很远的一个宽广内庭。内庭没有遮棚，地面一部分以石材铺设，未铺石材的一块草地上有座喷泉，正在阳光照射的几棵小树下喷着水。格得独自在那儿等候。他虽然静静站着，心却狂跳不止，因为他好像感觉四周有灵气和力量在运行，他也明白这地方不仅仅是石材所造，也是由比石材更为坚固的魔法营造而成。他就站在这"智者之家"最深邃的空间里，而这里竟开阔通天。突然之间，他注意到有个穿白衣的男人，正透过流淌的喷泉看着他。

　　两人四目相遇时，有只小鸟在枝头高鸣。那一瞬间，小鸟的啁啾、流泉的话语、云朵的形状、摆动树叶的风势，格得全都明了。他自己，仿佛也是阳光倾吐的一个字。

而后，那一瞬间消逝，他和天地万物都恢复原状——或者说，几乎恢复原状。他上前跪在大法师跟前，把欧吉安的亲笔信函递上。

柔克学院的护持倪摩尔大法师是位老翁，据说他是世上最年迈的人。他开口亲切地向格得表示欢迎，话音震颤如鸟鸣。他的头发、胡须、长袍都是白的，看上去仿佛所有的黑暗与重荷，都因岁月缓慢流逝而滤净，使这位法师宛如漂流百年的浮木，仅余白残与耗损。

"我的眼睛不行了，没办法看你师父写的信。"他颤声道，"孩子，你念给我听吧。"

信是用赫语符文写的，格得努力辨认后，大声朗读。内容很简要："倪摩尔阁下！若形势无欺，今日我送来的这位，他日将成为弓忒岛绝顶卓越的巫师。"信末署名不是欧吉安的真名，而是欧吉安的符文："缄口"。其实，格得至今还未知晓他师父的真名。

"既然是曾控制地震的那人把你送来，我们加倍欢迎。欧吉安年少时从弓忒岛来这儿学习，和我很亲近。好了，孩子，先说说你的航行经过和遇到的特别的事吧。"

"大师，旅程很平顺，只是昨天有一场暴风雨。"

"是哪艘船把你载来的？"

"'黑影'号，是安卓岛的贸易船。"

"是按谁的意思要你来的？"

"是我自己的意思。"

大法师先注视格得，然后望向别处，开始讲些格得听不懂的话，像一位龙钟老人，心思在过往岁月及各岛屿间流转时的喃喃自语。可是，在这段喃喃自语之间，却穿插稍早小鸟啁啾及喷泉流淌的话语。大法师不是在施咒，但声音里却有股力量触动了格得的心绪，使他感到惶惶然，顷刻间，他似乎看见自己在一处古怪的荒地上，单独站在许多黑影间。但他自始至今都一直站在阳光遍洒的内庭，聆听喷泉漾落。

一只欧司可岛的大型黑色渡鸦在庭内石地和草地上漫步。它走到大法师的白袍子边停伫，全身漆黑，以比首似的喙及卵石似的眼，斜眼瞪视着格得。它在倪摩尔大法师依靠的白木杖上啄了三下，这位老巫师便不再念念有词，微笑了起来。

"孩子，你去玩吧。"大法师终于开口，像对小孩说话一样。

格得再次向大法师单膝下跪。起身时，大法师不见了，只有那只黑鸟站着注视他，伸着嘴，像要啄那根业已消失的木杖。

小鸟说话了，格得猜那是欧司可岛语。"铁若能，悠丝巴！"它咿咿呀呀叫着，"铁若能，悠丝巴，欧瑞可！"然后便与来时一样，很神气地走了。

格得转身离开内庭，忖度着该往哪里去。

拱廊下，迎面走来一名高个儿青年，他礼貌地鞠躬，向格得打招呼："我叫贾斯珀，黑弗诺岛上优格领主恩维之子。今天由我为您效劳，负责带您参观这座宏轩馆，并尽量回答您的疑问。先生，我该如何称呼您？"

格得这个山村少年，毕生从未和富商巨贾或达官贵人的公子爷相处过，他一听眼前这家伙满嘴"效劳""先生"，还鞠躬作揖，只觉得是在嘲弄他，便不客气地简单回答："别人叫我雀鹰。"

对方静候片刻，似乎在等一个较像样的回礼。他等不到下文，便挺直腰杆，稍微转个方向，开始带路。贾斯珀比格得年长两三岁，身材很高，举手投足流露出僵硬的优雅，如舞者般装模作样（格得心想）。贾斯珀身穿灰斗篷，帽兜甩在后头。

第一站，他带格得去衣帽间。既然进了学院当学徒，格得可以在衣帽间里找件适合自己的斗篷及其他可能需用的衣物。格得选好斗篷穿上，贾斯珀便说："现在，你是我们的一员了。"

贾斯珀说话时，总是隐约带笑，使格得硬是在他的客气话里寻找到取笑的成分，因而他不高兴地回答："难道法师是靠服装打扮就算数了吗？"

"倒不是。"年长的男孩说，"但是我曾听说，'观其礼，知其人’。接下来，我们去哪儿好？”

“随你便，反正我对宏轩馆不熟。”

贾斯珀带领格得顺着宏轩馆的走廊参观，给他看几处宽阔的院子和有屋顶的大厅。“藏书室”是收藏术典和秘语卷册的地方，宽广的“家炉厅”则是节庆时全校师生聚首之处。

楼上众塔房是师生就寝的小房间。格得睡在南塔房，他的房间有扇窗子，可以俯瞰绥尔镇家家户户陡斜的屋顶及远处的大海。房间里与其他寝室一样，除了角落里摆了一张草床外，别无家具。贾斯珀说：“我们这里生活非常简朴，但我想你应该不会介意才对。”

“我习惯了。”格得说毕，想表示自己不输给眼前这个客气但瞧不起人的小子，便接着说，“我猜你刚来时一定不习惯吧？”

贾斯珀注视着格得，表情不言自明：我是黑弗诺岛优格领主的子嗣，你怎么可能晓得我习惯什么、不习惯什么？但他说出口的却只是：“这边走。”

两人还在楼上时，已闻锣声响起，于是他们就下楼到膳房的长桌边进午餐。同时用膳的，约有百余个男孩和青年。隔着炊房和膳房间的递菜口，每个人一边与厨子开玩笑，一边自行从冒着热气的大碗里，把食物舀到个人盘中，再走到长桌边找个喜欢的位子坐下。

贾斯珀告诉格得："听说不管多少人来这张桌子就座，总会有位子。"看起来位子确实足够。桌边有一群群闹哄哄、吃饭讲话都很豪迈的男孩；还有些人年纪较长，他们的灰斗篷领口都有银扣环。那些大孩子比较安静，或独自一人，或两两成双，每人脸上都带着严肃沉思的表情，好像有很多事要思考。贾斯珀带格得去和一个名叫维奇的大个儿少年同坐，维奇很少讲话，只顾专心吃东西。他说话有东陲人的口音，肤色很深，不像格得和贾斯珀及多数群岛区的人是红褐色皮肤，而是黑褐色皮肤。维奇为人率直，举止毫不虚矫。他吃完后先抱怨食物，然后转头对格得说："至少这里食物还不至于像学院里很多事物一样是幻象，足够撑托肋骨。"格得听不懂他的意思，但直觉喜欢这少年，而且很高兴他愿意在餐后待在他们身边。

三人一同进镇，让格得熟悉环境。绥尔镇的街道没几条，都很短，却在屋顶挑高的房子间弯来绕去，叫人摸不清而容易迷路。这个小镇古怪，镇民也古怪，虽然与别镇居民一样，不外乎渔夫、工人、技匠等，但他们都太习惯这个智者之岛所施展的魔法了，所以好像自己也是半个术士。格得早已发现，这里的人讲话如打谜。要是看见小男孩变成鱼，或是房子飞到半空中，也没有人会眨一下眼睛，因为他们晓得那是学童恶作剧。而且就算看到，也没人会担心，修鞋的照旧修鞋，切羊肉的继续切羊肉。

爬坡走过学院后门外，绕越宏轩馆的几个花园之后，这三个男孩走过一座横跨绥尔河清流的木桥，行经树林和草地，继续朝北。小路蜿蜒向上，引领他们穿越几座橡树林。由于太阳明艳，橡树林荫特别浓密。左边不太远的一座树林，格得一直没办法看清楚，虽然好像总在不远处，却不见小路通往那里。他甚至无法辨识那林子长的是什么树。维奇瞥见格得在凝望那片树林，便轻声说："那是'心成林'，我们现在还不能进去，可是……"

阳光晒热的草地上，黄花遍开。"这是星草花。"贾斯珀说，"以前，厄瑞亚拜奋勇抵御火焰领主入侵内环诸岛时，伊里安岛遭大火焚烧，灰烬随风飞扬，所到之处，就长出了星草花。"贾斯珀对着一朵凋萎的花吹气，松浮的种子随风上扬，在阳光下有如火星点点。

他们沿着小径上坡，来到一座大绿丘的山麓。这绿丘浑圆而无树，正是格得搭船来，进入被施咒的柔克岛海域时，曾从船上遥见的绿丘。贾斯珀在山脚止步。"在黑弗诺家乡，我常听人赞叹不已地举述弓忒岛的巫术，所以早就想见识了。如今我们有了来自弓忒的师弟，而此刻我们又碰巧站在柔克圆丘的山麓。由于圆丘根柢深入地心，所以无论在这里施展什么法术，效力都特别强大。雀鹰，你为我们施个法术吧，展现一下你的力量。"

格得张皇失措，呆住了，什么也没说。

"贾斯珀，慢慢来，让他自在些时候吧。"维奇以其坦率作风直言。

"他要不是有法术，就是有力量，不然守门人不会让他进来。既然如此，他现在表演和以后表演不都一样？对不对，雀鹰？"

"我不会法术，也没有力量，"格得说，"你们把你们刚刚说的表演给我看看。"

"当然是幻术喽，就是形似的那些把戏花招，像这样！"

贾斯珀口念怪字，手指山麓绿草。只见他所指之处，淌下一道涓涓细流，而且慢慢扩大成泉水，流下山丘。格得伸手去摸那道流泉，感觉湿湿的，喝起来凉凉的，尽管这样，却不解渴，因为那是虚幻的山泉。贾斯珀念了别的字之后，泉水立即消失，青草依旧在阳光中摇曳。"维奇，换你了。"贾斯珀脸上露出惯有的阴冷微笑。

维奇搔搔头，很伤脑筋的样子，但他还是抓起一把泥土，开始对那把泥土唱念，并用深褐色的手指捏压揉挤，突然间，那把泥土变成一只像熊蜂或毛苍蝇的小昆虫，嗡嗡嗡飞越柔克圆丘，不见了。

格得站着看傻了，很心虚。除了少数几项村野巫术用来集合山羊、治疗疣瘤、修补锅子、移动物品的咒语以外，他还懂什么？

"我才不玩这种把戏。"格得说。维奇听格得这么说，也就作罢，因为他不想闹僵。贾斯珀却说："为什么你不玩？"

"法术不是游戏，我们弓忒人不会为了好玩或赢取称赞而施法术。"格得傲然回答。

"那你们施法术的目的是什么？"贾斯珀问，"为了钱吗？"

"才不是！"但格得想不出其他既可以隐藏无知又可以挽救自尊的回答。贾斯珀笑了笑，倒无恶意。他引领格得与维奇绕过柔克丘，继续前进。格得满心不悦地跟在后面，很想发火，因为他晓得自己刚才表现得像个笨蛋，而他把这全怪在贾斯珀头上。

当晚，柔克岛巫术学院的宏轩馆全然寂静，格得躺在没有灯火的石室草床上，身子裹在斗篷里。对这地方，他感到生疏；对过去曾在此地施展过的法术和魔法，他感到畏怯。种种感受和想法沉甸甸地压着他。他的身躯被黑暗笼罩，内心则充满恐惧，他真希望自己身在别处，只要不在柔克岛上便行。

没想到，维奇就在此时来到他房门口，询问可否进来聊聊。他是借助一小枚悬在头顶上方的幻术假光，照亮行路走来的。他与格得闲聊，先问格得有关弓忒岛的事，然后很怀念地讲起他自己在东陲的家乡。维奇谈到，傍晚时分家乡各村庄炉火冒出来的烟，如何飘在小岛间宁静的海上；那些小岛的名字也很有趣，比如扣儿圃、卡圃、猴圃、芬围、肥米墟、易飞墟、狗皮墟、斯乃哥等等。为了让格得明了家乡岛屿的形状，维奇用手指在地上描绘，那描线隐隐发光，有如用银棒绘成，一会儿才渐渐消退。维奇来学院已经三年，不久就可以升为术士。表演那些初级魔法之于他，如同飞行之于鸟，一点也不稀奇；但是他有一项更了不起的天生技艺，那就是"友善"。从那晚起，维奇经常提供并赠与格得的是一种确定、开放的友谊，而格得也总是自然而然予以回报。

不过，维奇对贾斯珀也同样友善。到学院第一天，在柔克圆丘的山麓，格得曾遭贾斯珀愚弄，这件事格得一直不肯忘却，贾斯珀好像也不肯忘却。他对格得说话，口气一直都礼貌，但面带嘲弄的微笑。格得的自尊心不容藐视或轻侮，所以他发誓，有朝一日他要向贾斯珀和以贾斯珀为首的一帮师兄弟证明：格得的力量有多强大。这些师兄弟尽管会耍一些聪明的把戏，但没有一人曾运用巫术救过全村人；他们也不曾有人让欧吉安写明说，将来会成为弓忒岛最伟大的巫师。

以此维系着自尊心，格得以强大的意志力完成学院给予的工作，以及灰斗篷师父们传授的各种课程、手艺、历史、技术等等。那几位穿灰斗篷的师父，大家习惯以"九尊"合称。

每天有一段时间，格得跟随"诵唱师父"研读英雄行谊与智慧诗歌。第一课是最古老的一首：《伊亚创世歌》。接着，格得与十二位同门跟随"风钥师父"学习风候和天候的技艺。整个春天及初夏，每个晴朗的日子，他们全待在柔克湾的小船内，练习用咒语驾船、镇浪、对风说话、升起大法术风。这些都是错综复杂的技术，格得常因风向突然回转、船帆转向，而被帆桁打中脑勺；或是和另一艘船相撞，虽然他们有整个大海湾可以航行；或是大浪突然来袭，把他船上的三个男孩意外扫出去游泳。

有些日子，课程是在比较平静的岸上探险。这种课程是跟随"药草师父"学习，他会教大家认识药草的种类与生长的方式。"手师父"则教他们变换的基本法术或一些戏法与魔术。

格得熟稔所有的课程，不到一个月，就已经比来了一年的师兄优秀了。他尤其敏于幻术，好像天生就知道那些幻术，只待旁人提醒而已。手师父是个和蔼爽朗的老者，拥有取之不尽的快活机智，所教的技法也都蕴含技艺之美。所以不久格得便不怕他了，常常找他问这问那，而手师父也总是微笑着把格得想学的教给他。有一天，格得由于一心想让贾斯珀出丑，便在"形似庭院"问手师父："师父，您教的这些咒语都很类似，一通即全通。可是往往施法的力量一松弛，幻象就消失了。比如现在，我把一颗卵石变成钻石，"格得说着，抽动手腕，口念一咒，就变出了一颗钻石，"但是我要怎样才能让它保持钻石的样子？要怎么锁牢变幻法术，让钻石持久？"

手师父注视格得手中闪闪发光的钻石，它明亮得有如龙藏至宝。老师父口念一字："拓。"格得手中的钻石立刻变成粗糙的灰卵石，钻石就不见了。师父把卵石取过来握着。"在'真言'里，这种岩石叫'拓'。"老师父温和地看着格得说，"它是柔克岛制造出来的一小颗石头，也是一小撮可以让人类在上头生活的干泥土。但它就是它自身，是天地的一部分。借由幻术的变换，你可以使'拓'看起来像钻石，或是花、苍蝇、眼睛、火焰。"那粒小岩石随着老师父叫出的名字，一再变换形状，最后又变回岩石，"但这些都只是'形似'。幻象愚弄观者的感觉，是幻象使观者'看、听、感觉'，以为那东西好像变了，但幻象并没有改变物质本身。倘若要把这颗岩石变成钻石，你必须变换它的真名。可是，孩子，那样做以后——即使只是将天地间这一微小的部分变换，也是改变了天地。要变，是有办法变的，确实可以，没有错，那是'变换师父'的本领，那项本领等你做好必要的准备之后，迟早会学到。不过，如果不晓得变换了以后，紧接着会出现什么好坏结果，即使只是一样物品、一颗小卵石、一粒小沙子，也千万不要变换。宇宙是平衡的，处在'一体至衡'的状态。巫师的变换能力或召唤能力，会动摇天地平衡，那种力量是危险的，非常危险。所以，务必依知识而行，务必视需要才做。点亮一盏烛光，即投出一道黑影……"

老师父再度注视那颗卵石。"你瞧，一块岩石本身就是好东西。"他说着，渐渐不那么严肃了，"要是地海所有的岛屿全是由钻石构成的，那我们可有苦日子过啦。孩子，对于幻象，欣赏就好，让岩石还是当岩石吧。"他微微笑着，可是格得不满意。无论谁紧紧追问法师，想问出法术诀窍，法师就一定与欧吉安一样，会讲什么平衡、危险、黑暗啦等等。可是，任何一位巫师若已超越这些幻象儿戏，而臻至召唤术、变换术等真正的法术时，肯定有足够的力量，可以随心所欲，按照自己认为的最佳状态去平衡天地，并运用个人光亮把黑暗驱赶回去。

他在转角遇见贾斯珀。自从格得的学业开始在学院各处广受赞美以来，贾斯珀对格得说话好像更加友善客气，但嘲弄意味也更深。"雀鹰，你看起来郁郁不乐，"他说，"你的魔咒戏法失效了吗？"

格得如以往一样，这一次也很希望能和贾斯珀站在平等的立足点上。所以他只顾回答问题，而没留意那股嘲弄："我已经厌倦戏法，厌倦这些虚幻的把戏了，它们只适合娱乐那些在城堡和领地里悠闲度日的老爷。柔克岛传授给我的唯一真法术，是制造假光，还有一点天候法术。其余都只是唬人的玩意儿。"

"即使是唬人的玩意儿，在愚者手中也很危险。"贾斯珀说。

格得听了这话，有如当面被赏了一个巴掌，立刻朝贾斯珀上前一步。可是，这位年长的男孩微笑着，好像刚才说的话并无侮辱之意，只僵硬优雅地点点头，就走了。

格得站在原地，看着贾斯珀的背影，心中充满了愤怒。他发誓，一定要超越自己的敌手，不只是幻术，连力量也要赢过他。他要证明自我，羞辱贾斯珀；他不会让那家伙站在那里，用优雅、轻蔑、怨恨的态度瞧不起他。

格得没有深思贾斯珀怨恨他的可能原因，他只晓得自己为什么怨恨贾斯珀。进学院以来，其他学徒很快就发现，不管是运动或积极学习，他们都很少能成为格得的对手，所以大家谈起格得时，不是称赞，就是鼓励，师兄弟都说："格得是天生的巫师，永远不会被打败。"只有贾斯珀一人，既不称赞格得，也不回避他，一直微微笑着，那神态确实是看轻格得。既然独独贾斯珀一人与他作对，那他一定要让贾斯珀难堪才行。

格得执着于这场对抗，任其滋长，并将其视作个人自尊的一部分。他没有想通，或者说不肯想通的一点是：在这股对立中，潜藏着手师父温和警告过的各种危险和黑暗。

格得不受纯粹的愤怒驱动时，很清楚自己远不是贾斯珀或其他师兄的对手，所以也就照例埋头工作，如常学习。夏末，工作稍微减少，也相对有时间运动。师兄弟们或在港口进行法术船赛，或在宏轩馆的庭院举行幻宴，或利用漫长的黄昏在树林玩捉迷藏。捉迷藏时，双方都隐形，只听见彼此的说话声和笑声在树木间移动，大家循着即明即灭的幻术假光，彼此追赶或闪避。秋天来临，大伙儿重新开始工作，练习新魔法。如此这般，格得在柔克岛的头几个月，充满热情和惊奇，时间很快就过去了。

冬天可就不同了。格得与七位师兄弟被送去柔克岛北端岬角，即"孤立塔"所在之处。孤立塔内单独住着"名字师父"，他的名字"坷瑞卡墨瑞坷"，在任何一种语言里都不具意义。孤立塔方圆数英里内无一农庄或住户。它矗立在北角悬崖上，阴阴森森，冬天海上的云层，灰灰沉沉；八个初习生跟随名字师父，必修的功课就是一排排名字，无穷无尽。塔中高房内，与众徒弟同室的坷瑞卡墨瑞坷高居首席，书写一排排名字，那些名字必须在午夜之前记住，否则届时墨迹自动消退，只剩空无一字的羊皮纸张。塔内寒冷昏暗，终年寂静，仅有的声音是师父执笔写画的声音，偶尔一声叹息，发自某个学徒。培尼海上一个小岛"娄叟"，沿岸每个岬角、岛端、海湾、响声、海口、海峡、海港、沙洲、礁石、岩石的名字，统统要学会。学徒如果抱怨，师父或许什么也不说，只是加上更多名字；要不然就会说："欲成为海洋大师，必知晓海中每一滴水的真名。"

格得有时会叹气，但从未抱怨。学习每个地方、每样事物、每个存在的真名，虽然枯燥难解，但格得在这种学习中，看到他所冀求的力量，就像宝石般躺卧在枯涸的井底，因为魔法存在于事物的真名里。他们抵达孤立塔的头一晚，坷瑞卡墨瑞坷曾告诉他们这点，虽然他后来没再提起，但格得一直没忘记："很多具备雄厚力量的法师，终其一生都在努力寻找一项事物的名字——一个已然失却或隐藏不显的名字。尽管如此，现有的名字仍未臻于完备，就算到世界末日，也还是无法完备。只要你们仔细听就会明白为什么。阳光下的这个世界，和没有阳光的另一个世界，都有很多事物与人类或人类的语言无关，在我们的力量之上，也还有别的力量。但是魔法——真正的魔法，唯有使用'地海赫语'或地海赫语所寄生的'太古语'的那些存有者，才能施展。

"那就是龙的语言，创造世界众岛屿的兮果乙的语言，也是我们的诗歌、咒语、法术、妖术所用的语言。但到了今天，太古语已潜藏在我们的赫语里，而且产生了变化。比如，我们称海浪上的泡沫为'苏克恩'，这个字由两个太古词汇构成：'苏克'——羽毛，'伊尼恩'——海洋。'海洋的羽毛'就是'泡沫'。可是如果口念'苏克恩'，仍无法操纵泡沫，必须用它的太古语真名'耶撒'，才能施展魔力。任何女巫多少都懂得几个太古语的字词，法师懂得更多。但我们不懂的还更多，有的因年代久远而散失，有的则藏而不显，有的只有龙和地底的太古之力才通晓；还有一些则根本没有生物知道，当然也没有谁能悉数习得，因为那种语言广袤无边。

"道理就在这里。海洋的名字是'伊尼恩'，人尽皆知，没有问题。可是，我们称为'内极海'的那片海洋，在太古语里也有自己的名字。既然没有东西会有两个真名，那么'伊尼恩'的意思只可能是'内极海以外的全部海洋'。当然它的意思也不仅于此，因为还有数不清的海洋、海湾、海峡，各自有各自的名字。因此，要是有哪个海洋法师疯狂到想要对暴风雨施咒，或是平定所有海洋，他的法术就不仅要念出'伊尼恩'，还得讲出全群岛区、四陲区，以及诸多无名的所在以外，全部海洋的每一片、每一块、每一方。因此，给予我们力量去施展魔法的，也同时限制了这个力量的范围。也因此，法师只可能控制邻近地带那些他能够精准完备地叫出名字的事物。这样也好，因为若非如此，那些有力量的邪恶分子或智者之中的愚顽分子，一定早就设法去改变那些不可改变的事物了，那么'一体至衡'势必瓦解，失去平衡的海洋也会淹没我们冒险居住的各个岛屿，太古寂静中，一切声音和名字都将消失。"

格得长久思考这些话，已然透彻了悟。可是，这项课业庄严的特质，终究无法使待在孤立塔一整年的长期研读变得容易或有趣一点。一年结束时，坷瑞卡墨瑞坷对格得说："你的启蒙功课学得不错。"之后便没再多说。巫师都讲真话；而且，辛苦一年才学会的那些名字操控技巧，只是格得终生必须继续不断学习的开端而已。由于学得快，格得比同去的其他师兄弟早一步离开孤立塔；这就是格得获得的仅有的赞美了。

初冬，格得踽踽独行，沿着冷清无人的道路，向南穿越岛屿。夜晚来临，雨落了下来，他没有持咒驱雨，因为，柔克岛的天气掌握在风钥师父手中，恐怕要改也改不了。格得在一棵巨大的潘第可树下避雨。他裹紧斗篷躺着，想起欧吉安师父。他猜想，师父这时可能依旧在弓忒高地继续秋日漫游：露天夜宿，把无叶的树枝当屋顶，滴落的雨丝当墙壁。想到这里，格得微笑起来，因为他发现，每每想起欧吉安，总带给他安慰。他满心平静入睡，寒冷的黑暗里，雨水喃喃。待曙光醒转，雨已停歇，格得看见一只小动物蜷曲在他的斗篷褶缝里取暖安睡。望着那动物，格得颇感惊奇，因为那是一种名叫"瓯塔客"的罕见兽类。

瓯塔客只见于群岛区的南部四岛：柔克、安丝摩、帕迪、瓦梭。体型小而健壮，脸宽，眼大而明亮，毛色深棕或带棕斑。它们不会叫，不会发出任何声音，但牙齿无情、脾气猛烈，所以没有人把它们当宠物豢养。格得抚摸着伏在手边的这一只，于是它醒来打个哈欠，露出棕色小舌和白牙，一点也不怕格得。"瓯塔客。"格得一边唤道，一边回顾在孤立塔所学的千万种兽名，最后，他用太古语真名叫唤这动物，"侯耶哥！想不想跟我走？"

瓯塔客安坐在格得张开的手中，开始舔洗皮毛。

格得把它放在肩部的帽兜内，让它跨伏在那儿。白天，它有时会跳下来，倏地蹿进林中，但最后总会回来。有一次回来时还叼着它抓到的一只木鼠，格得笑起来，叫它把木鼠吃了，因为当天是日回节庆之夜，也是他禁食的斋戒期。格得就这样在雨湿的傍晚经过柔克圆丘，看见宏轩馆的屋顶上方，有许多假光在雨中闪耀。待他进了宏轩馆，众师父和师兄弟在灯火通明的大厅欢迎他。无家可回的格得，感觉好似返家一样，很高兴重见这么多熟悉的面孔，尤其是见到维奇深褐色的脸庞，带着大大的微笑上前欢迎格得。格得才知道这一年他有多么想念这位朋友。维奇已在秋季升为术士，不再是学徒了，但这并没有成为两人之间的障碍，他们一见面就畅聊起来。格得感觉在和维奇重逢的这第一个小时里，他所讲的话比在孤立塔一整年所讲的还多。

大伙儿在家炉厅的长桌旁落座，准备启用庆祝日回的晚餐时，瓯塔客依旧跨骑在格得肩头。维奇看见这只小动物，很惊奇，一度伸手想抚摸它，但瓯塔客张开利牙咬了他一下。维奇笑了起来，说道："雀鹰，听说受野生动物青睐的人，连岩石、流泉等太古之力也会用人类之声对他们说话。"

"人家说，弓忒岛的巫师常驯养动物，"坐在维奇另一边的贾斯珀说，"我们倪摩尔老师父就养了只渡鸦。诗歌中也曾提到，阿尔克岛的红法师用一条金链子牵着野猪。但我还没听过有哪个术士会在帽兜里养老鼠。"

听了这番话，大伙儿都笑起来，格得与大家一同欢笑。那一晚是欢乐的节庆之夜，与同伴们共度节庆，置身在温暖和快活中，格得很开心。不过，贾斯珀这次讲的笑话，与他以前讲的笑话一样，都让格得不快。

那天晚上，偶岛岛主是光临学院的宾客之一，岛主本人也是知名术士，曾是柔克岛大法师的徒弟，所以有时会在日回节庆或夏季长舞节回来。他偕同夫人来做客，偶岛夫人苗条又年轻，亮丽如新铜，乌黑的秀发上戴着镶猫眼石的冠冕。由于难得见到女子坐在宏轩馆的厅堂内，有几位老师父不以为然地斜目注视她；但年轻的男士都张大了眼凝视。

维奇对格得说："我愿意为了这样的美人，全力施展宏伟的魔法……"他叹口气，笑了起来。

"她只不过是个女人呀。"格得回答。

"叶芙阮公主也只是个女人，"维奇说，"但由于她的缘故，英拉德岛全部变成废墟，黑弗诺岛的英雄法师辞世，索利亚岛也沉入海底。"

"那都是老故事。"格得虽这么说，却也开始注视偶岛夫人，揣想古代故事所讲的世间美人，是不是就是这个样子。

诵唱师父已经唱完《少王行谊》。接着，在场师徒齐唱《冬日颂》。贾斯珀利用众人站起来之前的短暂空当，迅速起身，走到最靠近炉边那张坐着大法师、众师父与贵宾的桌子旁，拜谒偶岛夫人。贾斯珀已是个青年，长得魁梧俊秀，斗篷领口有银色环扣，因为他也是今年升为术士，银色环扣就是术士的标记。夫人冠冕上的猫眼石在黑发的衬托下，熠熠生辉。她微笑静听贾斯珀讲话，在场师父也都慈祥颔首，同意贾斯珀为夫人表演一段幻术。贾斯珀让一棵白树由石地板里冒出来，枝干向上延伸，碰到高高的屋梁。每根树枝上的小树枝都挂着发亮的金苹果，每颗苹果都是一个太阳，因为这棵树是一棵"年树"。忽然间，枝干间飞出一只小鸟，全身雪白，尾巴有如白雪瀑布。接着，所有的金苹果光泽渐暗，变成种子，每颗种子都是一小滴水晶，由树枝落下，发出如雨的声音。霎时飘来一阵香气，树叶在摇摆中变成玫瑰般的火焰，白花也好似星辰……幻术至此便逐渐淡去。偶岛夫人开心地叫了起来，她耀眼的头频频向这位青年术士颔首，赞赏他的法力。"你来我们偶岛居住吧——可以吧，老爷？"夫人孩子气地询问严肃的丈夫。但贾斯珀只说："夫人，等我把师父们传授的技巧练习精通，当得起您的赞美时，我会乐意前往，而且永远甘心为您效劳。"

贾斯珀取悦了在场所有人——只有格得除外。格得出声附和众人的赞美，但内心却没有附和。"我还可以施展得比他更好。"格得在酸酸的妒意中对自己说。从那刻起，当晚所有的欢乐便在他心中变得暗淡阴沉。

第四章

释放黑影

THE LOOSING OF THE SHADOW

这年春天，不管是维奇还是贾斯珀，格得都很少见到，因为他们已升为术士，可以跟随"形意师父"在秘密的心成林研习。学徒级的学生不能进入心成林，所以格得留在宏轩馆，与众师父学习术士必修的技巧。"术士"是已学会魔法，但还没执手杖的弟子。术士必修的技巧有：呼风术、气候控制术、寻查与捆缚术、法术编造、法术写构、算命术、诵唱术、万灵疗术、药草术。格得夜里独自在寝室，总会在书本上方放置灯火或烛火的地方，变出一小团假光，研读"进阶符文"及"伊亚符文"——这类符文皆用于宏深大法。

　　这些技巧，格得很快便学会，学徒们因而纷纷谣传，有哪些师父曾表示少年格得是柔克有史以来最聪明的学生。这项传闻越传越夸大，甚至把瓯塔客也扯了进来，说它是精灵假扮，会在格得耳边悄声传达智慧。甚至还有传言，格得初抵学院时，大法师的渡鸦曾以"准大法师"的远景向格得致敬。

无论大家是否相信这些传言，也不管他们喜不喜欢格得，多数学生都钦佩格得，也渴望在格得领导大家竞赛取乐时追随他，毕竟春日的暮光渐长，格得罕见的野性也有勃发之时。不过，格得大都把心思放在功课上，努力持守骄气和脾气，所以很少加入大伙儿的比赛。格得虽置身于师兄弟之间，但维奇不在，他就没有朋友了，而他也没想过自己想要有个朋友。

格得十五岁了。要学习巫师或法师的高超技术，他还太年幼。但格得学习各种幻术都奇快无比，以至于那位年纪尚轻的"变换师父"也在不久后就开始单独教导格得，传授变形真法了。变换师父解释，为何把一样东西真正变成另外一种东西时，必须重新命名，才能维持咒语的效力；他还告诉格得，如此一来，变换后的东西周遭事物的名称和本质，将受到何等的影响。他也提到变换法术的危险，其中最大的危险就是：巫师改变个人形状之后，极可能被自己的法术定住。由于格得流露出理解的自信，年轻的变换师父不由得受到驱动，而一点一点多教些；渐渐地，他不只传授格得变换术，甚至开始指导格得"变换大法"，并把《变形书》借给他研读。这些事，大法师都不知情，变换师父这么做虽然出于无心，其实是不智之举。

格得也跟随"召唤师父"一同习法。召唤师父是个严肃的长者，由于长年传授艰深沉郁的巫术，自己也被感染得沉郁了。他教的不是幻术，而是真正的魔法，就是召唤光、热等能量，以及牵引磁力的力量，还有人类理解为重量、形式、颜色、音声等的那些力量。那些都是真正的"力"，源于宇宙深奥的巨大能量。那种力，人类再怎么施法，再怎么使用，也无法耗尽或使之失衡。学徒们虽然早已认识天候师父及海洋师父呼风唤海的那类技艺，但是只有他曾经让众学徒见识到，为什么真正的巫师只在需要时才使用这种法术：因为召唤这些尘世力量，等于改变了这个世界，而这些尘世力量也是世界的一部分。他说："柔克岛下雨，可能导致欧司可岛干旱；东陲平静无浪，西陲可能遭暴风雨夷平。所以除非你清楚施法后的影响，否则千万不要任意行动。"

　　至于召唤实体和活人、唤醒神灵和亡魂、召祈无形等等，那些咒语都是召唤人类技艺和大法师力量之高峰，他很少对学生谈起。有一两次，格得试着引导师父透露一点这种秘术，可是师父沉默不语，反而表情严厉地注视格得良久，害格得渐感不安起来，就不再说什么了。

　　格得在施行召唤师父教他的那些次级法术时，的确偶尔会感到不安。那本术典上有几页也有某些符文看起来好像很熟悉，他却不记得在什么书上看过。施行召唤术时必说的某些片语，他也不喜欢讲。这种种总是让他立刻想起漆黑房间里的黑影，想起大门紧闭的房间里，黑影从门边角落向他逼近。他急忙把这些想法和回忆抛开，继续施法。他告诉自己，他之所以会碰到这种恐惧和幽暗的时刻，纯粹是因为他个人无知而产生的暗影。他只要学得愈多，惧怕的事物就会愈少；等到他最后拥有巫师的全部力量时，就一无所惧了。

那年夏季的第二个月，全校师生再度聚集在宏轩馆庆祝月夜节及长舞节。那一年，这两个节日出现在同一天，所以节庆将持续两晚。这种情况每五十二年才会发生一次。节庆的头一个夜晚是一年中黑夜最短的月圆之夜。旷野间有笛子吹奏，绥尔镇到处是鼓声和火炬，歌唱声响遍柔克湾月光映照的海面。第二天早晨日出时，柔克学院的诵唱师父开始诵唱长诗《厄瑞亚拜行谊》。那首诗歌讲述黑弗诺岛建造白色塔楼的经过，以及厄瑞亚拜如何由伊亚太古岛出发，经过群岛区和各边陲，抵达西陲的最西边，并在开阔海的边缘遇见欧姆龙。最后，他的骸骨被破碎的盔甲覆盖，倒卧在欧姆龙的龙骨之间，一同弃置在偕勒多岛的孤独海岸边，但他的剑却高悬在黑弗诺岛最高塔楼的顶端，至今仍在内极海海面上的夕阳霞光中闪现红光。诗歌唱毕，长舞开始。镇民、师父、学生、农民等等，男女老少簇拥在柔克岛街上，置身燠热的灰尘和暮色中，一同随着鼓声、管乐、笛声一直跳舞，沿路跳到海滩和海上。天空圆月高悬，音乐声融合在碎浪声中。东方既白，大伙儿便爬上海滩，走回街道，鼓声停了下来，只有笛子轻柔倾诉着。当天晚上，群岛区每个岛屿都是这样庆祝——一种舞蹈、一种音乐，把众多被海洋分隔的岛屿联结了起来。

长舞节结束，很多人第二天终日高枕，到了傍晚又聚在一起吃喝。有一群年轻的小伙子、学徒和术士，他们把膳房的食物搬出来，聚在宏轩馆的院子里举行私人晚宴。这群人就是：维奇、贾斯珀、格得与六七个学徒，还有几个从孤立塔暂时释放出来的孩子，因为这种节庆也把坷瑞卡墨瑞坷带出塔房了呢。这伙年轻人尽情嬉闹吃喝，为了纯粹的玩兴，也像王宫里的奇幻表演一样耍耍魔术。有个男孩变出假光，合成一百颗星星照亮院子，这些光有珠宝般的七彩，散落在这群学徒和天空真正星光之间的空中，一撮撮缓缓前进。另两个学徒把碗变成一簇簇绿色火焰和圆滚柱，只要火球一靠近，柱子就弹起跳开。维奇呢，一直盘腿坐在半空中，拼命啃烤鸡。一个比较年幼的学徒想把他拉到地上，维奇却反而飘得更高，让他够不着，然后镇静地坐在空中微笑。他不时朝地面抛弃鸡骨头，丢下来的鸡骨头转眼变成猫头鹰，在假光星群间咕咕叫着。格得将面包屑变成箭，射到空中把猫头鹰逮下来。猫头鹰与箭一落地，又变成了鸡骨头和面包屑，幻术就消失了。格得也飞到空中与维奇作伴，可是由于他还没学通这项法术的秘诀，所以必须不停扇动手臂，才能浮在空中。大伙儿看他边飞边扇的怪样子，都笑起来。为了让大家继续笑，格得便继续耍宝，与大家同欢。经过两个长夜的舞蹈、月色、音乐、法术，他正处在高昂狂野的情绪中，预备迎接任何来临的状况。

末了，他终于轻轻在贾斯珀身边着地站立。从不曾笑出声的贾斯珀挪了挪位置，说：“一只不会飞的雀鹰……”

“贾斯珀是真的宝石吗？^①”格得转身咧嘴笑道，“噢，术士之宝；噢，黑弗诺之玉——为我们闪耀吧！”

操作假星光，使光线在空中跳跃的那位少年，这时移了一道光过来，绕着贾斯珀的头跳跃发光。贾斯珀当晚虽没像平常那么冷酷，这时却皱起眉，挥挥手，用鼻子喷气，把星光呼走。“我受够了小男孩吵吵闹闹的蠢把戏！”

“少年人，你快步入中年了。”维奇在空中评论道。

“如果你现在想要寂静和阴沉的话，”一个年纪较小的男孩插嘴说，“你随时都可以去孤立塔呀。”

格得对贾斯珀说：“那你到底想要什么，贾斯珀？”

“我想要有旗鼓相当的人作伴。”贾斯珀说：“维奇，快下来让这些小学徒自己去玩玩具吧。”

格得转头面向贾斯珀，问：“什么是术士有而学徒缺乏的？”

---

① 贾斯珀（Jasper）一词原意为“碧玉”，故有此一说。

他的声音平静，但在场男孩突然全部鸦雀无声，因为由格得及贾斯珀的语调中听来，两人间的恨意，此时宛如刀剑出鞘般清晰分明。

"力量。"贾斯珀回答。

"我的力量不亚于你的力量，我们旗鼓相当。"

"你向我挑战？"

"我向你挑战。"

维奇早已下降着地，这会儿他赶紧跑到两人中间，脸色铁青："学院禁止我们用法术决斗。你们都清楚院规，此事就此平息吧！"

格得与贾斯珀呆立无语，因为他们确实都晓得柔克的规矩，他们也明白，维奇的行为出于友爱，他们两人则是出自怨恨。他们的愤怒只稍稍停歇，并没有冷却。只见贾斯珀向旁边挪动一点点，好像只希望让维奇一个人听见似的，冷冷微笑说："你最好再提醒你的牧羊朋友，学院的规定是为了保护他。瞧他一脸怒容，难道他真的认为我会接受他的挑战？跟一个有羊骚味的家伙、不懂'高等变换术'的学徒决斗？"

"贾斯珀，"格得说，"你又知道我懂什么了？"

顷刻间，没有人听见格得念了什么字，他就凭空消失了。他站立的地方，有一只隼鹰在盘旋，并张开鹰喙尖叫。顷刻间，格得又站在晃动的火炬光芒中，双目阴沉地盯着贾斯珀。

贾斯珀先是惊吓得后退一步，但马上又只是耸耸肩，说了两个字："幻术。"

其他人都窃窃私语。维奇说："这不是幻术，是真正的变换身形。够了，贾斯珀，你听我说——"

"这一招足够证明他背着师父，偷窥《变形书》。哼，就算会变又怎样？放羊的，你再继续变换呀。我喜欢你为自己设下的陷阱。你愈是努力证明你是我的对手，就愈显示你的本性。"

听了这番话，维奇转身背对贾斯珀，很小声对格得说："雀鹰，你肯不肯当个男子汉，马上停手，跟我走——"

格得微笑注视他的朋友，只说："帮我看着侯耶哥一会儿，好吗？"他伸手把原本跨乘在肩头的小瓯塔客抓下来，放在维奇手中。瓯塔客一向不让格得以外的任何人触摸，可是这时它转向维奇，爬上他的手臂，蜷缩在他的肩头，明亮的大眼一直没离开过主人。

"好了。"格得对贾斯珀说话，平静如故，"贾斯珀，你打算表演什么，好证明你比我强？"

"放羊的，我什么也不用表演。不过我还是会——我会给你一点希望、一个机会。嫉妒就像苹果里的虫一样啃噬着你。我们就把那条虫放出来吧。有一次在柔克圆丘上，你夸口说弓忒巫师不随便耍把戏。我们现在就到圆丘去，看看不耍把戏的弓忒人都做些什么。看完以后，说不定我会表演一个小法术让你瞧瞧。"

"好，我倒要瞧瞧。"格得回答。他暴烈的脾气稍有受侮辱的迹象就爆发，其他师兄弟平常已习惯，所以此时反而惊讶于格得的冷静。维奇却不惊讶，而是越来越担心害怕。他试着再度斡旋，但贾斯珀说："维奇，快撒手别管这件事了。放羊的，你打算怎么利用我给你的机会？你要表演幻术让我们看吗？还是火球？还是用魔咒治愈山羊的羊皮癣？"

"你希望我表演什么，贾斯珀？"

年纪较长的少年耸耸肩说："我什么也不感兴趣，不过既然如此，你就召唤一个亡灵出来吧。"

"召就召。"

"你召不出来的，"贾斯珀直视格得，怒气突然像火焰般燃烧着他对格得的鄙视，"你召不出来，你不会召唤，又一直吹嘘……"

"我以自己的名字起誓，我会召唤出来！"

大家一时之间都站着动也不动。

维奇使尽蛮力，想把格得拉回来，可是格得却挣脱他的拉力，头也不回，大踏步走出院子。原本在大家头上舞动的假光，已然消失淡之。贾斯珀迟疑一秒钟，尾随格得去了。其他人零零散散跟随在后，不发一言，又是好奇，又是害怕。

柔克圆丘陡然向上攀升，没入月升前的夏夜黑暗中。以前曾有许多奇术在这山丘施展过，因此气氛凝重，宛如有重量压在空气中。他们一行人聚拢到山麓时，不由得想到这山丘的根基多么深远，比大海更深，甚至深达世界的核心中那团古老、神秘、无人见过的火焰。大家在东坡止步，山顶黑压压的草地上方，可以瞧见星斗高悬，四周平静无风。

格得往坡上爬了几步，稍微离开众人，便转身以清晰的声音说："贾斯珀！我该召唤谁的灵魂？"

"随你喜欢。反正没人会听你的召唤。"贾斯珀的声音有点颤抖，大概是生气的关系。

格得用挖苦的口气回道："你害怕了？"

就算贾斯珀回答，他也不会仔细听，因为他已经不把贾斯珀放在心上了。站在柔克岛这个圆丘上，怨恨与怒火已然消逝，代之的是十足的把握。他犯不着嫉妒任何人，此时此刻站在这块幽暗着魔的土地上，他知道自己的力量比以往都更为强大，那股力量在他体内充塞，让他几乎无法抑制而颤抖。他知道贾斯珀远不及他，或许他只是奉派在今晚将格得带到此处；他不是格得的对手，只是成全格得命运的一个仆人。脚底下，格得可以感觉山根直入地心黑暗；头顶上，他可以观望星辰冰冷遥远的闪烁。天地间，万物均服膺于他的指挥及命令。他，立足于世界的中心。

"你不用怕，"格得微笑说，"我打算召唤一个女人的灵魂。你不用怕女人。我要召唤的是叶芙阮，《英拉德行谊》中歌颂的美女。"

　　"她一千年前就死了，骸骨躺在伊亚海的深处。再说，可能根本没有这么一个女人。"

　　"岁月与距离对死者有关系吗？难道诗歌会说谎？"格得依旧语带讥讽。他接着又说："注意看我两手之间的空气。"他转身离开众人后立定。

　　他以极为缓慢的姿势伸展双臂，那是开始召灵的欢迎手势。接着他开始念咒。

　　他念着欧吉安书中召唤咒语的符文，那是两年前或更久以前的事了，那次之后他再也没有看过那些符文。当时，他在黑暗中阅读；现在，他置身于黑暗中，仿佛回到那天晚上，把展开在面前的书页符文重新读过一遍。不同的是，这次他看得懂所读的东西，不但可以一字一字大声读出来，而且还看见一些记号，晓得这个召唤术必须融合声音和身、手的动作，才能运行。

　　别的学生站着旁观，没有交谈，没有走动，只有些微发抖——因为大法术已经开始施展了。格得的声音原本保持轻缓，这时变成深沉的诵唱，但大家听不懂他唱的字是什么。接着，格得闭嘴静默。突然，草地间起风了。格得跪下，大喊出声，然后他俯身向前，仿佛以展开的双臂拥抱大地。等他站起来时，紧绷的手臂中似乎抱着某种阴暗的东西，那东西很重，他费尽力气才站了起来。热风把在山丘上黑压压的青草吹得东倒西歪。即使星星还闪烁着，也没人看得见了。

格得两唇间先是念着咒语，念完后，清清楚楚大声喊出来："叶芙阮！"

"叶芙阮！"他再喊一次。

他刚举起来的那个不成形的黑团，一分两半。黑团碎裂了，一道纺锤状的淡淡幽光在格得张开的双臂间闪现。那道幽光隐约呈椭圆状，由地面延伸到他手举的高度。在那个椭圆状的微光中，有个人形出现了片刻：是个高挑的女子，正转头回顾。她的容貌很美，但神情忧伤，充满恐惧。

那灵魂只在微光中出现刹那，接着，格得双臂间那道灰黄的椭圆光越来越亮，也越来越宽，形成地面与黑夜间的一条缝隙，世界整个结构的一处裂口。裂缝中闪现出一道刺眼的强光，在这明亮畸形的裂缝中，有一团黑影似的东西攀爬着，那东西又敏捷又恐怖，倏地便直接跳到格得的脸上。

在那东西的重量扑击之下，格得摇摇晃晃站立不稳，并惶急嘶吼一声。瓯塔客在维奇肩头观看，它本不会发声，这时竟大叫出声，并跳跃着好像要去攻击。

格得跌倒在地，拼命挣扎扭打。世间黑暗中的那道强光在他上方加宽扩展。一旁观看的男孩都逃了，贾斯珀跪伏在地，不敢正视那道骇人强光。现场只有维奇一人跑到他朋友身边，因此只有他一人见到那团紧附着格得的黑块，正撕裂格得的筋肉。它看起来就像一只黑色的怪兽，大小如幼儿般，只是这幼儿似乎会膨胀缩小，而且没有头也没有脸，只有四只带爪的掌，会抓又会撕。维奇吓得呜咽抽泣，但他仍然伸出双手，想把格得身上那东西拉开。但就在他碰着那东西之前，身体就被镇缚住，不能动弹了。

　　那道刺眼难耐的强光逐渐减弱，世界被撕裂的边缘也慢慢闭合。附近有个声音，说话轻柔得宛如树梢细语或喷泉流淌。

　　星光恢复闪烁，山脚的青草被初升的月亮照得发白，治愈了黑夜，光明与黑暗的平衡呈现复原与稳定。那只黑影怪兽不见了。格得仰面横躺在地，手臂张开，仿佛还保持着欢迎与招魂的姿势。他的脸被血染黑，衣服有很多污渍。瓯塔客蜷缩在他肩头颤抖着。他上方站着一位老人，老人的斗篷在月色中呈现苍白的微光：原来是大法师倪摩尔。

　　倪摩尔手杖的尾端在格得胸膛上方旋转，发出了银光。它一度轻触格得的心脏，一度轻触格得的嘴唇，同时，倪摩尔口中还念念有词。不久，格得动了一下，张开嘴唇吸气，大法师这才举起手杖，放到地上。他垂下头，倚着手杖，样子沉重得仿佛几乎没有力气站立了。

维奇发现自己可以行动了。他环顾四周，看到召唤师父与变换师父也已经到场。施展宏大巫术时，不可能不惊动这些师父，而且必要时，他们也自有办法火速赶到。只不过，没有人比大法师来得快。这时，两位师父已经派人去寻求协助。来者有的陪伴大法师离开，有的（维奇是其中之一）把格得抬到药草师父那里。

召唤师父整夜待在圆丘守候监视。刚才，在这个山脚下，世界被撕开了，如今却没有任何风吹草动：没有黑影趁着月色匍匐到这里来寻找裂缝，以爬回自己的疆域。那黑影躲过了倪摩尔，也避开了法力无边、环绕保护柔克岛的咒语城墙，但它现在就在人间，在人间的某处藏匿着。假如格得当晚丧命，它可能早就想办法找到格得开启的那扇门，追随他进入死亡之境，要不就是偷偷溜回它原来的什么地方；为此，召唤师父才在圆丘边守候。但格得活下来了。

大伙儿把格得放在治疗室的床上。药草师父先处理他脸孔、喉咙、肩膀的伤。那些伤口很深，且参差不齐，想见伤人者极其恶毒。伤口的黑血流个不停，药草师父施了魔咒，还用网状药草叶将其包了起来，但血仍汩汩流渗。格得躺在那里又瞎又聋，全身发烧，像慢火闷烧的一根棍子。没有咒语能把烧灼格得的东西冷却下来。

不远处，喷泉流淌的露天庭院里，大法师也毫不动弹地躺着，但全身发冷，非常寒冷，他只有眼睛还在活动，凝望着月光下的喷泉滴落、树叶摇动。他身边那些人，既不施咒，也不治疗，只偶尔安静交谈，然后转头看他们的大法师。大法师静静躺着，他的鹰钩鼻、高额头、白头发等，让月光一漂白，全部呈现出骨头似的颜色。为了制止格得轻率施展的咒语，驱赶贴附格得的那个黑影，倪摩尔耗尽全部的力量，他的体力散失了，奄奄一息地躺着。不过，像他这般崇高的大法师，一辈子涉足死亡国度干萎的陡坡无数次，所以辞世时都十分奇特：因为这些垂死的崇高法师并不盲目，而是一清二楚地踏上死亡之路。倪摩尔举目望穿树叶时，在场的人都不知道，他看见的是夏季破晓时隐淡的星辰，而且是不曾在山丘上方闪烁，也不曾见过曙光的异域星辰。

欧司可岛的渡鸦是倪摩尔三十年来的宠物，而今已不见踪影。没人看到它去哪里了。"它比大法师先飞走了。"大伙儿守夜时，形意师父这么说。

天亮了，第二天暖和又晴朗。宏轩馆和绥尔镇的街道一片沉静，没有熙熙攘攘的声音，直到中午，诵唱塔的铁钟才刺耳地大声响起。

次日，柔克九尊在心成林的某处浓荫下聚首。即使在那儿，他们仍然在四周安置九座静默墙，如此一来，他们从地海的所有法师中选择新任大法师时，才不至于有人或力量来找他们谈话或听见他们讨论。威岛的耿瑟法师中选。选定后，马上有条船奉命穿越内极海，前往威岛，负责把新任大法师带回柔克岛。风钥师父站在船首，升起法术风到帆内，船很快就启程离开。

这些事，格得一概不知。那个燠热的夏季，他卧床整整四周，目盲、耳聋、口哑，只偶尔像动物一样呻吟吼叫。最后，在药草师父耐心护理下，治疗开始生效，他的伤口渐渐愈合，高烧慢慢减退。虽然他一直没讲话，但好像渐渐可以听见了。一个爽利的秋日，药草师父打开格得卧床的房间门窗。自从那晚置身圆丘的黑暗以来，格得只晓得黑暗。现在，他看见天日，也看见阳光照耀。他掩面哭泣，埋在手中的，是留有伤疤的脸。

直到冬天来临，他仍只能结结巴巴说话。药草师父一直把他留在治疗室，努力引导他的身体和心智慢慢恢复元气。一直到早春，药草师父才终于释放他，首先就派他去向新任的大法师耿瑟呈示忠诚，因为耿瑟来到柔克学院时，格得卧病，无法和大家一起履行这项责任。

他生病期间，学院不准任何同学去看他。现在，他缓步经过时，有些同学交头接耳问道："那是谁？"以前，他步履轻快柔软强健；现在，他因疼痛而跛行，动作迟缓，脸也不抬起来，他的左脸已经因伤疤而发白。那些人不管识与不识，他一概躲避，就这样一直走到涌泉庭。他曾经在那里等候倪摩尔，如今耿瑟在等候他。

这位新法师与前任大法师一样，穿着白斗篷，但他和威岛及其他东陲人一样，是黑褐色皮肤，浓眉底下的面色也黑沉沉的。

格得下跪呈示忠诚与服从。耿瑟沉默了片刻。

"我晓得你过去的行为。"他终于说，"但不晓得你的为人，所以，我不能接受你的忠诚。"

格得站起来，一只手撑着喷泉边那棵小树的树干，稳住自己。他仍旧十分缓慢地寻找自己要讲的话："护持，我要离开柔克岛吗？"

"你想要离开柔克岛吗？"

"不想。"

"那你想要什么？"

"我想留下来，想学习，想收服……邪灵……"

"倪摩尔本人都收服不了……放心，我不会让你离开柔克岛。只有岛上师父们的力量，以及这岛上安置的防卫，才能保护你，使那些邪恶的东西远离。要是你现在离开，你放出来的东西会立刻找上你，进入你体内，占有你。如此一来，你就会变成尸偶——只能遵从黑影的意志行事的傀儡。你务必留在岛上，直到恢复力气和智慧，足够保护自己为止，这就要靠你自己了。即使现在它也还在等你。它必定在等你。那晚之后，你有再见到它吗？"

"曾在梦里见过。"过了一会儿，格得沉痛惭愧地继续说，"耿瑟法师，我实在不晓得它是什么，那个从咒语中蹦出来黏住我的东西——"

"我也不晓得。它没有名字。你天生具有强大的力量，却用错地方，去对一个你无从控制的东西施法术，也不知道那个法术将如何影响光暗、生死、善恶的平衡。你是受到自尊和怨恨的驱使而施法的。结果是毁灭，这难道有什么出人意料吗？你召唤一名亡灵，却跑出一个非生非死的力量，不经召唤便从一个没有名字的地方出现。邪恶透过你去行恶，你召唤它的力量给予它凌驾你的力量：你们联结起来了。那是你的傲气的黑影，是你的无知的黑影，也是你投下的黑影。影子有名字吗？"

格得站在那儿，形容枯槁，半晌才说："最好我当时就死掉。"

"为了你，倪摩尔舍弃自己的生命，你是何许人，竟敢自判生死？既然在这里安全，你就住下去，继续接受训练。他们跟我说，你很聪明，那你就继续进修吧，好好学习。目前你能做的就是这样。"

耿瑟讲完，忽然间就不见了，大法师都是如此。喷泉在阳光下跳跃，格得看了一会儿，聆听泉水的声音，忆起了倪摩尔。在这个庭院里，格得曾觉得自己像是阳光倾吐的一个字。而今，黑暗也开口了——说了一个无法收回的字。

他离开涌泉庭，走向南塔，回自己从前的寝室，院方一直替他留着那个房间。他独自待在里面。晚餐锣响时，他去用餐，却几乎不跟长桌边的其他学徒交谈，也不抬头面对他们，连那些最温柔招呼他的人也不例外。因此一两天后，大家便由他独行了。格得渴望的就是独行，因为他害怕自己不智，可能会口出恶言或做出恶行。

维奇和贾斯珀都不在，格得也没有打听他们的去向。他已经落后了好几个月，所以他原本带领或主导的那些师弟，如今都超越了他，于是那年春天和夏天，格得都和较为年幼的学徒一同学习。格得在那些人当中，也不再显露锋芒，因为无论哪个法术的咒语，连最简单的幻术魔咒，都会在他的舌尖上打住，两只手操作时也没有力气。

秋天，格得准备再赴孤立塔，随名字师父学习。他曾经畏惧的功课，现在反而欣然面对，因为沉默是他所寻求的，这儿的长时间学习也无须施咒，而且这段期间，他自知仍在自己身体内的那股力量，也绝不会受到召唤而出来行动。

他前往孤立塔的前一晚，有个客人来到他的寝室。这个客人穿着棕色旅行斗篷，手持一根尾端镶铁的橡木杖。格得起身，盯着那根巫师手杖。

"雀鹰——"

听这声音，格得才抬起双眼，站在那里的是维奇，他扎实稳当一如往昔，直率的黑脸孔略为成熟，微笑却未变。他肩上蹲伏着一只小动物：花斑的毛色，明亮的眼。

"你生病期间，它一直跟着我，现在真不舍得和它分离。但更舍不得的是和你分离，雀鹰。不过，我要返乡回家去。好了，侯耶哥，去找你真正的主人吧！"维奇拍拍瓯塔客，把它放在地板上，瓯塔客走向格得的草床，开始用像叶子似的土色干舌头搓洗身上的毛。维奇笑起来，但格得微笑不起来。他弯下身子把脸藏住，抚摸着瓯塔客。

"维奇，我以为你不会来看我。"格得说。

他没有责备的意思，但维奇答道："我没办法来看你，药草师父禁止；而且，从冬天起，我就一直在心成林的师父那儿，等于把自己锁起来了一样。要等到我拿到木杖，才能自由。听我说，等你也自由的时候，就到东陲来，我会一直等你。那边的小镇很好玩，巫师也很受礼遇。"

"自由……"格得嗫嚅，略微耸肩，努力想微笑。

维奇注视着他，样子不太像以前注视格得的样子，他对朋友的爱没有减少，却多了点巫师的味道。维奇温和地说："你不会一辈子绑在柔克岛的。"

"嗯……我想过这件事，说不定我会去和孤立塔的师父一同工作，成为在书籍和星辰中寻找失落名字的一员，那么……那么就算不做好事，也不至于再为害。"

"说不定……"维奇说，"我不是什么预言家，但我看见你的未来，不是房室和书籍，而是遥远的海洋、龙的火焰、城市的塔楼。这一切，在鹰鸟飞得又高又远时，就看得见。"

"可是我背后……你看见我背后有什么吗？"格得问着，同时站起身来，只见两人头顶上方之间燃放的那枚假光，把格得的影子照在墙上和地上。接着，格得把头别到一边，结结巴巴问道："你告诉我你要去哪里，打算做什么。"

"我要回家看我的弟弟妹妹，我跟你谈过他们。我离开家乡时，小妹还小，现在就快举行命名礼了——想起来真奇怪！然后嘛，我会在家乡那些小岛之间的某处，找个巫师的工作。唉，我真希望留下来继续和你说话，但是不行，我的船今天晚上启航，现在潮水已经转向了。雀鹰，要是哪一天你途经东陲，你就来找我。还有，要是哪一天你需要我，就派人来告诉我，我的名字叫艾司特洛。"

听到这里，格得抬起带着伤疤的脸，迎视朋友的目光。

"艾司特洛，"他说，"我的名字叫格得。"

接着，两人静静地互相道别，维奇转身走下石造走廊，离开了柔克巫师学院。

格得默然站立了片刻，有如刚刚收到天大消息的人，非得振奋精神，才能接收。维奇刚才送他的是一份大礼——他的真名。

除了自己与命名的人之外，没有人知道一个人的真名。他可能在最后才决定告诉他的兄弟，或妻子，或朋友，但即使是那些少数人，只要有第三者可能听到，他们也不会以真名相称。在别人面前，他们就像其他人一样，以通称或绰号来称呼，例如雀鹰、维奇、欧吉安（意思是"枞树球果"）。要是一般人都把真名藏起来，只告诉几个他们钟爱且完全信任的人，那么，巫师这类终日面对危险的人就更须隐藏真名了。知道一个人的名字，就掌握了那人的性命。所以，对已经丧失自信的格得而言，维奇送的是只有朋友才会相赠的礼物：那是一项证明，证明未曾动摇也不可动摇的信赖。

格得在草床上坐下，任顶上假光像耗尽一阵微弱的沼气般，慢慢熄灭。他抚摸瓯塔客，瓯塔客舒服地伸展四肢，伏在他的膝上睡着了，就像没在别的地方睡过一样。宏轩馆静悄悄的，格得突然想起：今天，是他个人的成年礼前夕。成年礼那天，欧吉安授予他真名。如今四年过去了，他仍记得当时赤身无名地走过山泉时那股寒意。他开始回想阿耳河里那些波光粼粼的水池，他曾经在那些水池里游泳；他也怀念山间大斜坡林下的十杨村，怀念早晨走过村里灰尘飘扬的街道时太阳投射的影子；怀念某个冬天下午在铜匠家里，熔炉内风箱下跳跃的火焰；怀念女巫幽暗芳香的茅屋内，弥漫着烟雾和咒语盘旋的空气。他很久没有想起这些点点滴滴了，在他十七岁的这个夜晚，这些事又重回记忆里。他短暂破碎的人生所历经的岁月和处所，一时又全都浮现心头，成为一个整体。经历了这段漫长、苦涩、荒废的时期，格得终于再度认清他自己是谁，他身在何处。

然而，未来方向如何，他却见不着，也畏惧一见。

次日，他启程穿越岛屿，瓯塔客和以前一样跨骑在他肩头。但他这次花了不止两天，而是三天的时间，才走到孤立塔。格得在岛屿北端的滔滔白浪上见到孤立塔时，已疲累到骨子里去了。塔内一如他记忆般幽暗，也如他记忆般阴冷。坷瑞卡墨瑞坷在他的高座中，正在书写长串名字。他瞥一眼格得，没说什么欢迎之词，仿佛格得根本没离开过。"去睡吧。疲倦使人愚拙。明天，你可以翻阅《创生者事迹书》，研习里面的名字。"

冬季结束，他重返宏轩馆，并升为术士。耿瑟大法师也接受他呈示的忠诚。从那时起，他开始学习高等技术与魔法，超越幻术的技巧，迈入真正的法术，也是获授巫杖必要的学习项目。经过这几个月，他已渐渐克服念咒时的困难，双手的技巧也恢复了。不过，他也不像以前一样学得那么快，因为他已从恐惧中学到漫长艰辛的教训。幸而，在创造及变形的宏深大法中穿梭时，已经没有邪恶势力或险恶会战了，因为那是最危险的状况。所以，他有时不由得想，那个被他释放出来的黑影，是否变得衰弱了；或者已经设法逃离人间，因为已经有颇长一段时间，黑影不复出现在梦中。

然而，他心里明白，那种希望是愚思妄想。

由众师父及古代术典里，格得尽可能了解他释放出来的"黑影"这种存在体，但能学到的不多。都没有直接描述或提到这种存在，顶多只在古老的事物书里零零星星看到一些暗示，说可能是一种"黑影兽"。它不是人类鬼魂，也不是地底太古之力的产物，但看起来可能与两者有点关联。格得非常仔细阅读《龙族本质》那本书，里面讲到古代一只龙王的故事，说它受到一种太古之力控制，那太古之力是一块位于遥远北方的"能言石"。书上说："在那块石头操纵之下，那只龙王果真开口，将一个灵魂从死亡之域举升上来。但由于龙王误解石头的意思，结果竟除了那个死灵以外，把某样东西也召唤了出来。那东西后来吞噬龙王，并假借龙王的身形出没人间，危害世人。"但书上没有说明那东西是什么，也没说故事结局如何。众师父都不晓得这样一个黑影由何而来。大法师曾说，由无生界而来；变换师父说，从世界错误的一边而来；召唤师父干脆表示："我不知道。"

格得生病期间，召唤师父常来陪伴格得。他每次来，总是一副沉郁严肃的样子，但如今格得领会了他的慈悲，所以十分敬爱他。"我不清楚那东西，我知道的只有一点：唯有巨大的力量能够召唤这样一种东西。说不定，靠的只是一种力量：一种声音——你的声音。但这到底代表什么意思，我就不懂了。不过，你会明白的，你非明白不可，不然就得死，甚至比死更不堪……"召唤师父说话的语气祥和，但他注视格得的目光却很沉郁，"你还年幼，以为法师无所不能。我以前也这么认为。我们每个人都曾经有那种想法。但事实是，一个人真正的力量若增强，知识若拓宽，他得以依循的路途反而变窄。到最后他什么也不挑拣，只能全心从事必须做的事……"

格得十八岁生日过后，大法师派他去跟形意师父学习。在心成林研习的功课，在其他地方很少人谈起。据说那里不施法，但那地方本身就是魔法。那片树林的树木有时可以看见，有时却看不见，而且那些树木并非老是在相同的地方，也并非总是属于柔克岛。有人说，心成林的树木都有智慧。有人说，形意师父是在心成林修炼得到极致法术的，所以，要是那里的树木死去，师父的智慧也会随之消亡；届时，海水将升高并淹没地海所有岛屿，淹没所有人与龙居住的陆地——而这些岛屿和陆地是早在神话时代以前，由兮果乙人从海水深处抬升起来的。

凡此种种均为传闻，巫师皆不愿谈起。

又数月过去了。在春季的某一日，格得终于返回宏轩馆。院方接下去将安排他做什么，他心中一点谱也没有。穿越旷野之后，在通往圆丘的小路上那扇门的门口，有个老人在等他。起初格得不认得这老人，凝神一想才回忆起来：这老人就是五年前他初抵柔克时，让他进入学院的人。

老人微笑着先叫出格得的名字，作为招呼问候，然后问道："你晓得我是谁吗？"

格得回答之前先想了想。人家都说"柔克九尊"，但他只认得八位：风钥师父、手师父、药草师父、诵唱师父、变换师父、召唤师父、名字师父、形意师父。一般人好像把新任大法师称为第九位师父。可是，遴选新任大法师时，是九位师父集合选出的。

"我想，你是守门师父。"格得说。

"格得，我是守门师父没错。几年前，你讲出自己的名字，才得进入学院。现在，你得说出我的名字，才能获得自由离开。"老人微笑说着，静候答复。格得伫立无语。

当然，他已经晓得千百种找出人事物名字的方法和技巧，他在柔克巫师学院学习的每件事情，都含有这种技巧。倘若没有这项技巧，那么，能够施展的有效魔法，就没有几个。然而，要找出法师和师父的名字，是截然不同的情况。论隐藏，法师名字比大海鲱鱼藏得高明；论防卫，则比龙穴防卫得紧实。如果你施展探寻咒语，对方会有更强的咒语来应对；你用妙计，妙计会失败；你拐弯抹角采问，会被拐弯抹角挡回；你使蛮力，那蛮力会回头反击自己。

"师父，你看守的这扇门好窄，"格得终于说，"我想，我必须坐在外头这片旷野里斋戒，一直到瘦得挤得进去为止。"

"随你喜欢。"守门人微笑说。

于是，格得走离门口一点，在绥尔溪岸边一棵赤杨树下落坐。他让瓯塔客跑到溪里玩耍，在河泥里寻猎溪蟹。夕阳西下，时候虽晚，但天色仍明，因为春天已经来临了。宏轩馆的窗户有灯笼和假光在发亮，山坡下的绥尔镇街道漆黑一片。猫头鹰在屋顶咕咕叫，蝙蝠在溪河上方的暮色中翻飞。格得坐着一直想：要如何用武力、计谋或巫术，获知守门人的名字。他越是思索，寻遍这五年来在柔克巫师学院习得的全部技艺，越是发觉，没有一个技巧可以用来捕捉这么一位法师的这么一个秘密。

他在野地里躺下睡觉。星空在上，瓯塔客安顿在衣袋内。日升之后，他仍然没有吃东西，起身去门口敲门，守门人来开门。

"师父，"格得说，"我还不够强大，所以无法强取你的名字，也还不够有智慧，所以无法骗得你的名字。所以我甘心留在这儿，听从尊意，学习或效劳，除非你刚好愿意回答我一个问题。"

"问吧。"

"师父大名？"

守门人莞尔一笑，说出自己的名字。格得仿着重说一遍，才得以最后一次踏进那扇门，进入宏轩馆。

再离开宏轩馆时，格得穿了件厚重的深蓝色斗篷，那是下托宁镇镇方赠送的礼物，他正要前往下托宁镇，因为当地需要一名巫师。格得还带了一根手杖，手杖长度与他身高相仿，以紫杉木雕成，杖底是黄铜制的金属套。守门人向他道别，为他打开宏轩馆的后门，那道龙角和象牙切割制成的小门。出了门，格得往下走到绥尔镇，一条船就在早晨波光粼粼的海面上等候他。

第五章

蟠多老龙

THE DRAGON OF PENDOR

柔克岛西边，厚斯克岛与安丝摩岛南北两岛之间，是"九十屿"。九十屿当中，距柔克岛最近的是瑟得屿；最远的是斜辟墟，几乎位于培尼海中。至于九十屿的总数是否为九十，始终是个无法定夺的问题。因为，如果只计算有淡水泉的岛屿，大概有七十个，如果去细数每块岩石，恐怕数到一百都还没算完，海潮就转向了。这一带，小屿之间的海峡都很窄小，而内极海的温和浪潮只要一受扰动滞碍，就高涌低伏。所以浪高时，某个地方或许是三个小岛屿，但浪低时就可能合成一个了。可是那一带的海浪尽管危险，每个小孩只要能走路，就能划桨，也都拥有个人小船，家庭主妇常越过海峡去与邻居聚饮一杯圆囵茶，小贩叫卖货品，利用船桨打出节奏。那里的道路都是咸水海路，相当通达，唯一可能堵塞通路的是渔网。当地的渔网大都跨越海峡，从某小屿的房子里要到邻近小屿的房子，专门用来捕捉一种叫"鲀比"的小鱼，这种小鱼的鱼油是九十屿的财富。这里桥梁很少，没有大城镇，每个小屿挤满农家和渔家的房舍。农渔两业人舍聚集，就形成镇区，十至二十个小屿组成一个镇区。其中最西边的叫作"下托宁"，面向的不是内极海，而是外围空阔的海洋。那片空阔的海洋可说是群岛区的一个孤单角落，海上唯一的孤岛是个被巨龙侵占的岛屿：蟠多岛。过了蟠多岛，就是渺无人烟的西陲水域。

供新巫师居住的房舍已备妥。那栋房舍孤立在一座小山上，四周是绿油油的大麦田，西边有潘第可树林可阻挡西风，此时树枝头正开满红花。站在房舍门口可以看见岛上其他茅屋的屋顶，以及树林与花园等，也可以看见其他小岛的房舍屋顶、农田、山丘，而夹在这些中间的是许多蜿蜒曲折闪着波光的海峡。巫师宿舍是间破旧的房子，没有窗户，只有泥土地，不过还是比格得出生时住的房子好。下托宁的岛民恭敬地站在这位柔克巫师面前，请他原谅这房子的简陋。其中一个说："我们没有石块可以盖房子。"另一个说："我们这里没有人富有，不过也没有人挨饿。"第三个说："这房子住起来至少保证干爽，先生，因为茅草屋顶是我亲手铺的。"在格得看来，这房子就像宫殿一样好。他坦率谢过这些岛民代表之后，那十八个人才离开。他们各自划着小船返回自己的岛，告诉邻居渔夫和妻子，说新来的巫师是个奇怪的严肃青年，话不多，但言语中正，没有傲气。

也许格得这一回首度出任巫师，并没有多少足以自豪的理由。柔克学院训练出来的巫师通常前往城市或城堡，去为身居要津的爵爷效劳。而那些爵爷自然都把巫师安顿在豪宅里。依照惯例，下托宁这些渔民只要聘请普通的女巫或术士，不外念念咒文保护渔网、为新船诵法、治疗一下染病的人畜就够了。但近几年，蟠多岛的老龙产下子嗣，据说连那只老龙加起来，一共有九只龙潜伏在破败的蟠多海神塔楼里，鳞甲巨腹不时在大理石阶梯和毁损的甬道间拖来拖去。那个死寂岛屿缺乏食物，众小龙长大，感到饥饿时就飞离该岛设法觅食。据称有人看见四只小龙飞到厚斯克岛西南岸上空，他们没有栖息下来，而是暗中窥视羊舍、谷仓和村庄。龙很长时间才会感到饥饿，但一旦饿了就很难满足。所以，下托宁的岛民便派人前往柔克学院，乞求一位巫师来岛上保护居民，免受那些在西域翻腾的巨兽侵害。大法师当即判断，岛民的恐惧并非没有根据。

"那边没有舒适可言，"大法师在格得升为巫师那天，这样对他说，"没有名声，没有财富，可能也没有危险。你愿意去吗？"

"我愿意去。"格得的回答不全然出于服从。自从圆丘之夜以来，他转变很多，已不再受过去那种沽名钓誉的欲望支使。如今，他总是怀疑自己的力气，也害怕测试自己的力量。再者，龙的传闻也让他很好奇。弓忒岛已经好几百年没有龙出现，也不可能有龙会飞到柔克岛上的人能闻到见到，或其法术能触及的范围内。因此在柔克岛，龙只是故事和歌谣里的东西，是用来唱的，亲眼目睹是没有的事。格得在学院里已经尽可能研读关于龙的一切。可是，阅读龙的种种是一回事，面对龙则是另一回事。现在，机会摆在眼前，他于是兴致勃勃地回答："我愿意去。"

耿瑟大法师点点头，眼神却很忧郁。"告诉我，"半晌他才说，"你害怕离开柔克岛吗？或者你渴望离开？"

"两者都有。"

耿瑟再次点头。"我不知道送你离开这个安全地是不是正确，"他说得很慢，"我看不见你的前途，只见一片漆黑。而且北方有股力量，可能会把你摧毁。但那到底是什么，在哪里，是在你的过去还是未来，我也说不清楚，因为只见阴影覆盖着。下托宁的人来时，我立刻想到你，因为那里好像是路途以外的安全地，或许你可以在那里养精蓄锐。但我实在不晓得究竟哪个地方对你才安全，也不知道你的前途会往哪里去。我不希望把你送进黑暗……"

格得最初觉得，在繁花盛开的树下，这间房子好像还算是个明亮的地方。他住了下来，也常观看西边的天空，随时拉长巫师的耳朵，留意有无鳞甲羽翼拍动的声音。但没有龙来。格得在自己的海堤钓鱼，在自己的园圃种花种草。时值夏季，他坐在屋外的潘第可树下，翻阅从柔克学院带来的术典，常整天深思其中的一页、一行或一字。瓯塔客要不是在他身边睡觉，就是到满地青草和雏菊的树林里猎鼠。格得随时为岛民服务，是岛民的全能医师和天候师。由巫师来搬弄这种雕虫小技，或许自贬身价，但因为他自己小时候是巫童，所服务的村民比下托宁岛民更穷苦，所以倒没有这么觉得。不过，下托宁的岛民很少要求格得做什么，他们敬畏格得，部分是因为他是智者之岛出身的巫师，另一部分也是因为他的静默和他那张有伤疤的脸孔。因此，纵然格得很年轻，人们与他相处时，还是会觉得不自在。

然而，格得还是交了个朋友，是个造船匠，家住东边邻岛，名叫沛维瑞。他们是在海堤结识的，当时，格得停下来看他踩踏一条小船的船桅，他早已抬眼看着巫师，咧嘴笑道："一个月的工差不多要完成啦。要是你来做，我猜你只要一分钟，念个咒就好了，是吧，先生？"

"可能吧，"格得说，"但是，除非我一直持咒，否则可能下一分钟船就沉入海底了。不过，要是你想……"他没有把话讲完。

"怎么，先生？"

"呃，这条小船造得相当好，实在无须再增加什么。不过，要是你喜欢，我可以施个捆缚术，帮她保持平顺安全，或是施个寻查术，让她由海上返航时，可以平安回家。"

格得不希望伤了这位造船匠的感情，因此有点欲言还止，但沛维瑞的面容竟为之一亮。"先生，这条小船是为我儿子造的，要是你肯替她祝个咒，那可真是太好了。"说着，他爬上堤防，拉起格得的手，郑重道谢。

从那次起，他们便常常一起工作。造船或修船时，沛维瑞负责手工；格得除了提供法术技巧之外，顺便学习如何造船、如何不依靠法术驾船，因为纯粹操帆驶船的技巧，在柔克岛几乎已经绝迹了。格得时常与沛维瑞和他的小儿子伊奥斯驾驶不同的船穿梭在海峡和礁湖之间，到后来，格得不但成为驾船好手，也与沛维瑞建立起了坚固的友谊。

秋末，船匠的儿子生病，孩子的母亲请了帖斯克岛一位擅长医疗的女巫，情况似乎好转了一两天。但后来，在一个暴风雨肆虐的半夜，沛维瑞跑来猛敲格得的房门，哀求格得去救他的儿子。格得与他跑到船上，在黑夜暴雨中火速划船到船匠家。格得看见那孩子躺在草床上，母亲蹲在床边，女巫一边燃烧草根，一边唱着奈吉颂，那已是她最好的疗方。但是她小声对格得说："巫师大人，依我看，这孩子得的是红热，熬不过今夜了。"

格得跪下来，两手放在孩子身上，也得到相同的结论，身子不由得后退一下。他自己那场大病的最后几个月，药草师父教了他许多民间疗方，不管疗方深浅，原则都一样，那就是：伤可治，疾可疗，垂死的灵魂只能由它去。

　　做母亲的见格得退后，明白了含义，立刻绝望地号啕大哭。沛维瑞在她身旁弯下腰，说道："太太，雀鹰大人会救他的，不用哭！他既然来了，就有办法。"

　　听闻这母亲的悲号，目睹这父亲对他的信赖，格得不忍心让他们失望。他推翻了自己的判断，心想如果可以把烧热降退，或许这孩子就可以得救了。他说道："沛维瑞，我会尽力。"

　　夫妻俩从屋外取来新接的雨水，格得用来为孩子洗凉水澡，同时口念一种止热咒。可是，这个咒起不了半点效用，突然间，格得以为那孩子就要在他的手臂中死去。

　　格得顾不了自己，马上集中力量，让自己的灵魂离开身体，去追赶孩子的灵魂，要把它带回家。他呼叫孩子的名字"伊奥斯"，感觉自己的内在听觉似乎听见了微弱的应答，所以又叫了一次，继续追赶。他看见男孩快步跑在他前头，正要自某座山丘侧面跑下一个漆黑的陡坡。四周悄然无声，山丘上方的星辰，是他肉眼不曾见过的，但他晓得那些星座的名字：捆星、门星、转者星、树星。它们都是那种既不会下沉，也不会因某个白天来临而淡隐的星辰。他追赶那个垂死的男孩，追得太远了。

格得一察觉这点，便发现自己单独站在幽黑的山脚旁。想转身回去，已经很难了，非常难。

他慢慢转身，先缓缓跨出一脚爬上山坡，再跨出另一脚，一步一步用意志力爬山，每一步都比前一步艰难。

星星没有移动，贫瘠的陡坡也没有一丝风，在这片广阔的黑暗王国内，只有他在缓慢走动攀爬。他爬到山丘顶上，在那里看见一面矮墙。墙的另一边，一个黑影与他面对。

那个黑影不具人形或兽形。虽然没有形状，也几乎看不清楚，但黑影低声无语地对格得唏唏嘘嘘，并向他逼近。黑影站在活者那一边，格得站在死者那一边。

他要不就下山，进入沙漠的疆域和无明的死者之城，要不就跨越那一道墙重拾生命，可是那边有个无形邪物在等他！

他的"精神之杖"就在手中，格得把它举高。这动作使他恢复了力气，他对着黑影，准备跳过那道低矮的石墙时，木杖转眼放出白光，在漆黑之中成了炫目的光亮。他纵身一跃，感觉自己坠落，之后就什么也看不见了。

沛维瑞与妻子及女巫看到的过程是：年轻的法师咒语念到一半就停下来，抱着孩子，动也不动，静立片刻，然后把小伊奥斯轻轻放回草床，手举木杖，静静站着。突然，他高举木杖，木杖发出白色光焰，宛如握着闪电棒。电光石火间，屋子里所有的东西都奇怪地跳动起来。等到眼睛可以清楚观看时，他们看到年轻的法师蜷缩着身子，躺在泥地上，旁边的草床上躺着死去的孩子。

沛维瑞以为法师也死了。他妻子大哭，他自己也完全不知所措。所幸女巫曾道听途说，对巫术、真巫师的死亡方式有点认识。她看格得躺着，虽然身体冰凉、没有生命迹象，但她知道他并不是死了，而应当成生病或精神恍惚来处理。所以，他们把他送回家，请一个老妇人看顾，留意格得是睡、是醒，还是一睡不起。

格得昏迷时，小瓯塔客躲在屋内橡木之上，与陌生人来时一样。它在那儿待着，挨到雨打墙壁，炉火沉寂，夜深更移，老妇在炉边打盹为止，才爬下来，爬到动也不动、僵直卧床的格得身边，伸出它枯叶般的干舌头，开始耐心地舔他的手和腕，然后蹲在他的头旁边舔太阳穴、有疤的脸颊，再轻舔他紧闭的双眼。在它轻柔的抚触下，格得慢慢会动了。他醒过来，不知自己去过何处、如今身在何处，也不知昏暗的空中那抹微光是晓曙之光降临人间。瓯塔客照往常一样窝在他肩膀旁，接着就睡着了。

事后，格得回顾那一夜，他明白自己当时躺着不省人事时，假如没有什么去碰触他，没有什么从旁召唤他回来，他可能永远回不来了。多亏那只兽以它无声、本能的智慧，舔触它受伤的同伴，抚慰了他。然而，格得从那份智慧中看到与他自己的力量相仿的东西，是一种如巫术般深奥的东西。从那一回起，格得便相信，有智慧的人绝不会与其他生灵分离，不管那生灵有没有语言。往后的岁月，他长期从沉默、从动物的双眼、从鸟兽的飞翔、从树木缓慢摇曳的姿态中，尽力去学习可能学到的东西。

那一次可以说是他首度跨越死域又毫发无伤安然返回，那是只有巫师才可能在意识清醒时做到的，即使是最伟大的法师，这样做也会冒很大的风险。不过，他虽平安回来，却不无悲伤和恐惧。悲伤，是为朋友沛维瑞悲伤；恐惧，是为自己恐惧。他现在明白大法师为什么害怕他离开，也明白大法师预视格得的未来时，受到什么阴影笼罩。因为在等候他的，正是黑暗本身，那个无名的东西，不属于人世间的存在，也是他所释放或制造的黑影。它长久在灵界那个分隔生死的界限上等候他。现在它拥有格得的线索，正伺机靠近他，想夺走他的力气，吞噬他的生命，裹藏至格得的肉身之内。

不久，格得梦见那东西，像只没头没脸的大熊。梦中，它好像在屋外沿墙搜索，寻找门。自从被那东西抓伤而获治愈以来，这是格得头一次梦见它。梦醒后，格得觉得虚弱寒冷，脸上和肩上的伤疤紧紧抽痛。

糟糕的日子开始了。每次他梦见那黑影，或是想到那黑影时，就感觉到同一股冰冷的恐惧。由于恐惧作怪，他的感觉和力量渐失，人变得钝钝茫茫。他对自己的懦弱感到愤怒，但愤怒也没有用。他想寻求保护，却找不到。那东西不是血肉之躯，不是活的，不是灵魂，没有名字，也不存在，它的存在是格得赋予的。那是一种可怕的力量，不受阳光照耀的人间律法控制。它受到他的驱使而来，想透过他行使它自己的意志，成为他的造物。格得对它的认知仅止于此。但是，它至今还没有自己真正的外形，所以它会以什么外形前来、怎么来、什么时候来，这些他都不知道。

格得在居处四周与岛屿四周设置魔法屏障。这种法术墙必须不断更新，他很快便明白，如果他把全部力气都花在这些抵御措施上，那他对岛民就没有什么用处了。要是蟠多岛飞来一只龙，他夹在两大劲敌之间，该怎么办？

他又做梦了，但这次的梦中，黑影就在屋子里，在门旁边，正穿越黑暗向他逼近，低声讲着他听不懂的话。格得惊醒后，当场变出闪耀的假光，照亮屋内每个角落，直到各处都没有黑影为止。然后他添柴到火坑中，坐在火光旁静听秋风拂掠茅草屋顶，在光秃的树枝间呼呼猛吹。他久坐沉思，内心一股陈年之怒觉醒了；他不要再这样无助地苦苦等待，不要再这样困坐小岛，持诵无用的紧锁术和防备术。可是，他不能一走了之逃开这个禁锢，那样做的话，不但破坏他自己的信用，也害得岛民面对巨龙时毫无防备。只有一条路可走。

第二天一早，他下山走到下托宁的主系泊处，找到岛民代表，向他说："我必须离开这地方。因为我面临的危险会把你们也扯进来。我非走不可，所以向你请假，去铲除蟠多龙，那么，我对你们的任务就算完成了，我也就可以自由离开。要是我失败，那么那些龙来到这里时，我也一样会失败，所以，晚知不如早知。"

岛民代表讶异得张口呆望格得。"雀鹰大人，"他说，"那边有九只龙！"

"据说八只还小。"

"但那只老的……"

"我告诉你，我必须离开这里。因此我向你请假，先去替你们除掉龙灾的危险，如果我做得到。"

"先生，就照您的意思吧。"岛民代表忧郁地说。所有在场听见格得计划的人，都认为他们这个年轻巫师纯粹是逞蛮勇。大家沉着脸看他离开，心想他一去就回不来了。有些人话中有话地说，这位巫师的意思是要取道厚斯克岛前往内极海，把他们留在下托宁，不管他们的死活。其他人认为格得疯了，才会自寻死路，沛维瑞就是其中之一。

连续四代人，所有航行船只都避免取道蟠多海岸，从没有法

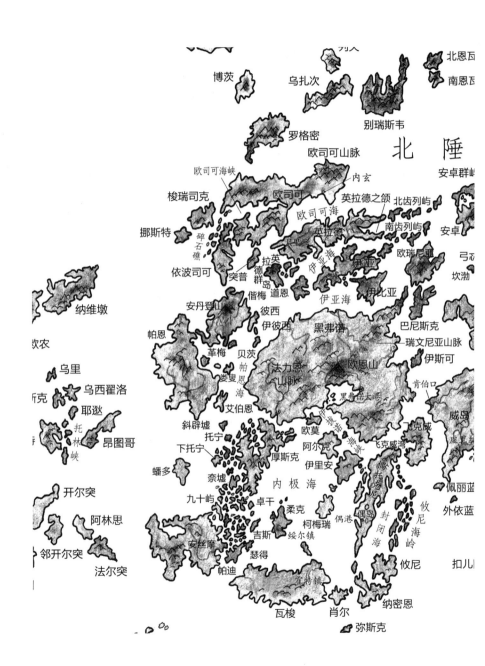

师到那里与龙打斗，一则因为蟠多岛位于无人经过的海路上，二则因为蟠多岛主一直都是海盗、奴贩、兴战之徒，深受居住在地海西南部这一带的人怨恨。因此，那只老龙当年突然由西边飞来，口中喷火，把正在塔内欢宴的蟠多岛岛主和岛民烤死，并把惨叫哀号的岛民全部赶下海去时，邻岛没人想去找那只老龙复仇。既然无人寻仇，蟠多岛当然变成龙的天下，岛上尸骸、塔楼、偷来的珠宝等等，全留给了那只老龙。岛上的珠宝是从帕恩与厚斯克的海岸边偷来的，那些遭窃的王公贵族早就死了。

这些，格得都一清二楚，更何况，自从他来到下托宁，他便在心中反复思考他所知的龙的种种。他驾着小船西行时——不是划船，也不是用沛维瑞教他的航行技巧，而是用巫术航行，以法术风撑帆，用咒语安定龙骨和船首，以保方向正确——他望着海面，等待死寂的岛屿在海的边缘上露面。他希望快，所以才运用法术，因为在他后面的东西比在他前面的东西更让他惧怕。但是这一天过去时，他的不耐已由恐惧转变为强烈的欣慰，至少他是凭自己的意志出来迎向危险，他愈是靠近蟠多岛，就愈是确定，虽然这或许就是他临死前的一刻，但至少这一刻他自由了。那个黑影断不敢尾随他投身龙口。灰茫茫的大海，白浪翻涌，北风挟带灰云飘越天空。他以强劲的法术风向西行驶，这时已经望见蟠多岛的岩石、镇上寂静的街道，以及毁损坍塌的塔房。

蟠多岛的港口是个半月形浅湾，格得在入口处解除御风术，让小船平静下来，随波静躺在海浪上。随后他开口召唤龙："占夺蟠多岛的，出来保卫你的私藏吧！"

浪花击打灰白色岩岸，也打碎了格得的喊叫。不过，龙是听觉敏锐的动物，所以格得很快就看见一只龙从屋顶已毁的港口废墟飞了出来。他的外形好像一只巨大的蝙蝠，薄翼刺背，挟仗北风，向格得直飞而来。亲眼看见族人一向视为神话的动物，格得感觉心里满满的，他笑着大叫："你这条风中小虫，去叫那条老龙出来！"

这只幼龙是多年前由西陲飞来的一只母龙所生。据说，当年母龙在阳光照耀的破塔房里，用爪子紧抓着几个皮革似的巨蛋孵化后，就又飞走了，留下蟠多老龙看顾这些刚破壳、像毒蜥蜴般爬行的幼龙。

幼龙没有回答格得。他体型不大，仅长约一条四十桨的长船。薄膜似的黑翅膀张开时，与昆虫翅膀一般细薄。看来，这只龙还没发育完全，声音也小，也还没有龙的狡诈。他张着带牙的长颔，对准格得搭乘的摇晃小船，飞箭似的自空中俯冲而下。格得只消施个利咒，捆缚他的肢翼，让他的各肢僵硬，就足以让他像落石一样垂直落海，被灰扑扑的海水淹没。

另外两只龙与第一只一样由高塔底层飞出来，也与第一只一样直飞格得的小船，格得就将之捆缚，制服他们落海溺毙，而他连巫杖都还没举起来。

过了一会儿，又有三只龙从岛上向他飞来。其中一只很大，口中喷着熊熊火焰。两只朝他直飞，但较大的那只却从背后绕飞过来，速度很快，喷着火想把格得和船烧毁。捆缚术无法同时制服三只龙，因为两只由北来，一只由南来。格得一想通，便立刻施"变形术"，转瞬间，一只龙形由他的小船中飞跃而出。

这只龙展开宽翼，伸张利爪，先对付迎面而来的两只小龙，用火焰烧他们，然后转身对付第三只龙，那龙的体型比格得龙大，也会喷火。灰茫海浪的上方，两只龙在风中翻转、腾跃、攻击、冲刺，喷火喷得四周烟火弥漫。突然，格得龙向上飞，敌龙在下方紧追。中途，格得龙高举双翼暂停，然后像老鹰俯冲而下，利爪往下伸展，攻击下方那只敌龙的颈项和侧腹。只见受攻击那龙的黑翅张皇紧缩，浓黑的龙血滴落海面。蟠多龙挣脱袭击，无力地下飞到岛上，躲进废墟中某个枯井或洞穴里去了。

格得立刻回到船上，并变回原形，因为维持龙形超过状况所需的时间，是最危险的。他两手因染上滚烫的龙血而变黑，头部也被火灼伤，但现在，这些都无碍了。他等到自己的气息缓和，便大叫："据说龙有九只，我看到六只，杀了五只，其余的龙，出来吧！"

岛上久久不见生物的动静，也没听到声音，只有海浪高声拍打着岸边。然后，格得注意到岛上那座最高的塔楼，形状缓缓在改变，其中一边好像长了手臂似的慢慢凸出来。他怕龙的魔法，因为老龙变起法术来，与人的法术不相上下，不但深具威力而且狡诈。可是，再过一下子，他明白那不是龙变戏法，而是他被自己的眼睛愚弄了。原来，他以为是塔身向外凸出的部分，其实是蟠多老龙的肩膀，他正挺直身躯慢慢站起来。

待他完全抬起披鳞带甲的龙头，仰着穗冠，伸出长舌时，体型比残破的高塔还高。带爪的前蹄歇在废墟瓦砾上，灰黑色的鳞甲映着日光，看起来像一块破裂的石头。他的身形精瘦如猎犬，硕大如山丘。格得敬畏地注视着他，搜尽记忆中所有的诗歌或故事，却无一可以借来描述这景象。他差一点就凝视巨龙的双眼而被逮住，因为人不可以注视龙的双眼。他转移目光，不看那双凝视他的油亮绿眼，把手杖高举在前，现在，那支手杖看起来就像一根断木、一条细枝。

"小巫师，吾原有八子。"巨龙沙哑的嗓子大声说，"五子已死，一子奄奄一息。够了，不要靠杀他们来获得我的宝藏。"

"我不要你的宝藏。"

黄烟从龙鼻喷出来，那是他的笑法。

"小巫师，难道你不想上岸来瞧瞧？深值一顾哟。"

"我不看。"风与火是龙族的血亲，但风与火不利于海上打斗，这一点到现在都是格得的优势，他也保持得不错。但横在他与巨大灰爪之间的那条水道，似乎不再对他有利了。

很难不去注视那双观望的绿眼睛。

"你是个很年轻的巫师。"巨龙说，"我不晓得人类可以年纪轻轻就获得力量。"他与格得一样，都是用太古语，因为龙族至今仍使用那种语言。虽然人类讲太古语时必须说真话，但龙可不一定如此。太古语是他们的语言，所以他们可以在其中撒谎，或任意扭曲真话以达不当目的，使没有警觉的听者陷入镜像语言的迷阵中。在镜像语言里，每个镜像都反映真实，却没有一个确有所指。这是以前格得常听到的警告，所以龙讲话时，他用不信任的耳朵听着，随时准备怀疑。但巨龙的这番话似乎坦白无隐：

"小巫师，你来到这蟠多岛，是想找我帮忙吗？"

"不是，龙。"

"但是我可以帮你。你不久就需要帮忙，以便对抗在黑暗中追捕你的那东西。"

格得愣住了。

"在追捕你的是什么东西？把名字告诉我。"

"要是我说得出名字……"格得没再说下去。

黄烟在长长的龙头上方盘绕，两个鼻孔则在冒火。

"或许，说得出名字，就可以控制它了，小巫师。我看见它经过的时候，说不定还可以把它的名字告诉你。要是你在我这岛屿附近等候，它就会靠近。不管你去哪里，它都会跟着你。要是你不希望它靠近，你就得跑，一直跑，躲开它。但它还是会紧紧追着你。你想知道它的名字吗？"

格得再度沉默。他猜不透，这只龙怎么晓得他释放的黑影？他怎么可能知道黑影的名字？耿瑟大法师说那黑影没有名字。但是龙有自己独到的智慧，也是比人类悠久的族群。很少有人能猜透龙知道什么、如何知道，那些猜得透的少数人就是"龙主"。格得只能确定一点：尽管这只龙所言可能不虚，尽管他可能真有办法把黑影的名字告诉格得，好让他有力量控制它。但是尽管如此，尽管他说实话，也完全是为了他自己的目的。

"龙自动请求帮助人类，是很少见的事。"年轻的格得终于开口说道。

"但是猫在杀老鼠之前先玩弄它们，却很常见。"龙说。

"可我不是来这里玩或给你玩弄的。我来这里是要和你谈个交易。"

巨龙的尾巴尖端如蝎子般弓起，挺在甲背上，高悬在塔楼上方，宛如一把利剑，是任何一把剑的五倍长。巨龙淡然说道："我不谈交易，只拿东西。你能提供什么，是我爱拿却拿不走的？"

"安全，你们的安全。你发誓决不离开蟠多岛向东飞，我就发誓让你们安全无虞。"

一阵刺耳的巨响自巨龙的喉咙发出，有如远处雪崩后巨石由山上滚落的轰隆响声。火焰在龙的三叉舌上舞动，他又抬高了身子，在废墟上盘踞："提供我安全！你在威胁我！凭什么？"

"凭你的名字，耶瓦德。"格得说这名字时，声音打战，不过他仍响亮地讲出来。

冲着这名字的发音，老龙呆住了，完全呆住了。一分钟过去，又一分钟过去。格得站在轻晃的小船里，微笑着。他孤注一掷，用这趟冒险和自己的性命做赌注，大胆一猜。他根据柔克岛所学的种种龙的传说和古史，猜测这条蟠多龙和叶芙阮与莫瑞德在世时，在欧司可西部肆虐，而后被一个深谙名字的巫师沃特赶离了欧司可的那只龙，是同一只。

格得猜中了。

"耶瓦德，我们势均力敌。你拥有力气，我拥有你的名字。你愿意谈交易了吗？"

那只龙依旧没有回答。

这只龙在这座岛上盘踞多年，金制护胸甲和绿宝石四散在尘土、砖块、骨骸之间，他曾看着天生黑鳞甲的亲骨肉在坍塌的房子间爬行，在悬崖边上试飞；也曾在阳光下长盹，人声或行经的帆船都吵不醒它。他老了，如今面对这个少年法师，明知是脆弱的敌人，可他见到对方的手杖都不免退缩，当然就难再放肆了。

"你可以从我的收藏中挑选九颗宝石，"他终于说话了，声音在长颔间窸窣，"随意挑选上好的宝石，然后走吧！"

"耶瓦德，我不要你的宝石。"

"人类的贪婪到哪儿去了？人类爱死了发亮的宝石，很久以前在北方……噢，我晓得你要什么了，巫师。我也可以提供你安全，因为我知道有什么可以救你。我知道救你的唯一办法。有股恐惧紧跟着你，我愿意告诉你它的名字。"

格得的内心怦然跳动。他抓紧手杖，和那龙一样，动也不动地站着，与意外的惊人希望搏斗片刻。

他谈的交易不是他自己的性命。欲凌驾眼前这龙，只有一种绝招，也是唯一的一招。所以，他把希望暂摆一旁，决心做他该做的。

"我要的不是那个，耶瓦德。"

他讲出龙的名字时，宛如用一条精致的细皮带绑住这巨大的活物，勒紧他的喉咙。从那只龙的凝视里，格得可以感觉到人类由来已久的恶毒和世故。他看得到他钢铁般的爪，每根均长如人类的前臂。他也看得见他石头般坚硬的兽皮，还有进出他喉咙的火焰。可是，格得仍旧勒紧那条皮带。

他再说一遍："耶瓦德，以你的名字起誓，你和你的子嗣永远不会飞去群岛区。"

龙的两颔间突然大声喷出明亮的火焰，然后说："我以我的名字起誓！"

寂静覆罩全岛，耶瓦德巨大的头低了下去。

龙再抬起头时，巫师已经不见了。小船的风帆在东边浪头上成了一个小白点，正朝内海上星星点点的岛屿前进。上了年纪的蟠多龙恼怒地站起来，翻滚身子肆意破坏塔楼，张开巨翅拍击倾覆的城镇。但他的誓言拦着他，所以自此至终，他都没有飞去群岛区。

第六章

被 追

HUNTED

蟠多岛消逝在格得身后的海平面时，他向东观望，那股对黑影的恐惧立刻又侵入心田。与龙对峙的危险在明处，而面对黑影的恐惧则无影无形，要适应这种转变很难。他解除了法术风，借自然风航行，因为他现今没有疾行的欲望了。接下去该做什么，他也没有清楚的计划。如同那只龙说的，他必须跑，但是要跑去哪儿？他心想，去柔克好了，至少在那里还受到保护，或许还可以向智者请益。然而，他先得回下托宁一趟，把经过告诉岛民。

大家听说格得离开五天又回来，邻近的人，还有镇区半数人口，跑的跑，划船的划船，全聚拢到他周围，凝望着他，专心听故事。听完时有个男人说："但有谁见到这个屠龙奇迹，而最后是龙被打败？要是他……"

"闭嘴！"岛民代表急忙制止，因为他和多数人一样，都知道巫师精通言语之道，他们或许会用微妙的方式叙述实情，也可能保留真相，但如果巫师将一件事说出了口，那件事必定如他所言。因此，大伙儿一边惊叹奇迹，一边渐渐感觉到长久以来的恐惧终于卸除了，于是，他们开心起来，大群人簇拥着这位年轻的巫师，请他把故事重说一遍。不断有更多岛民前来，总要求再讲一遍故事。到傍晚时，已经不需要格得费事了，岛民可以替他说，而且说得更精彩。村里的唱诵人也已经把这故事放进一首旧曲调里，开始歌颂《雀鹰之歌》。不仅下托宁岛区燃放烟火，连东边和南边的小岛也都热热闹闹燃放烟火。渔夫在各自船上互相高声报告这消息，让消息一岛传一岛：邪恶消除了，蟠多龙永远不会来了！

那一晚，仅有的一晚，格得很欢喜，因为不可能有黑影靠近他。所有山丘和海滩都被感恩烟火照得通明，欢笑的舞者环绕他跳舞，歌唱者赞美他，大家迎着秋夜的阵风摇晃火炬，浓烈明亮的火花在风中跳跃。

第二天，他遇见沛维瑞，沛维瑞说："大人，我以前不晓得你是那么勇武。"那话里有惧怕的成分——因为沛维瑞以前居然敢与格得交朋友，但话中也有责备的成分：格得屠得了龙，却救不了一个小孩。听了沛维瑞的话之后，格得重新感受到那股驱策他前往蟠多岛的不安和着急。现在，那股不安和着急又驱策他离开下托宁。

第二天，尽管岛民很乐意格得终其余生留在下托宁，让岛民赞美夸耀，他还是离开了那间坐落在山上的小屋，没有任何行李，只带着几本书和手杖，和骑跨在肩上的瓯塔客。

他搭乘一条划桨船，那是下托宁两个年轻渔民的船，他们希望有幸为他划船。九十屿东边的海峡常挤满航行船只，他们一路划行，沿途见到一些岛屿的房子，阳台和窗户向水面凸出；他们划经奈墟码头，经过多雨的卓干草原，也经过吉斯岛那些散发恶臭的油棚。一路上，格得的屠龙之举总是先他们一步到达目的地，供人传唱。岛上人民见他们经过时，便用口哨对他们吹唱《雀鹰之歌》，大家争相邀请格得登岛过夜，请他告诉他们屠龙的故事。最后格得抵达瑟得屿，找到一条开往柔克的船，船主鞠躬道："巫师大人，这是在下的荣幸，也是我这条船的光荣。"

于是，格得开始背离九十屿航行。那条船从瑟得内港开出，升帆时，从东边迎面吹来一阵强风。这强风吹得怪异，因为当时虽已入冬，但那天早上天空晴朗，天气似乎也温和稳定。瑟得屿到柔克岛仅三十英里，所以他们照旧航行。风继续吹，他们继续航行。那条小船与内极海的多数商船一样，是采用首尾相连的高大风帆，可以转动顺应逆风，而且船主是个灵敏的水手，对自己的技巧颇为自傲。所以，他们策略性地忽北忽南，依旧向东航行。但那风挟带乌云和雨水，方向不定且风力强劲，很可能使那条船突然停在海上，极其危险。"雀鹰大人。"船主对年轻人说话了，当时，格得就在船主身边，站在船尾的尊贵席位，只不过，风雨把两人都打得湿透，在那种凄惨的雨水光泽中，没有什么尊严可言。"雀鹰大人，您能否对这风讲讲话？可以吗？"

"现在距柔克岛有多远？"

"我们顶多走了一半航程。但这一个小时，我们一点也没有前进。"

格得对风讲了话，风势便小了些，他们的船因而平顺地航行了一阵子。可是，南边突然又吹来一阵强风，由于这阵强风，他们又被吹回西边去了。天空的乌云被吹得破散翻涌，船主愤然吼叫道："这鬼风，同时向四面八方乱吹！大人，只有法术风可以带领我们度过这种天气。"

格得看起来非常不情愿运用法术风，但这条船和船主都因他而处于危险，他只好为船帆升起法术风。法术风一起，船只立刻向东破浪前进，船主也再度显露开心的面容。可是尽管格得一直维持法术，法术风却一点一点弱了下来，到最后，风雨大作的情形下，船只竟好像固定悬在浪头上，而且风帆下垂。接着，一声啪嗒巨响，帆桁绕个大弯打过来，使得船只先突然停止，而后像只受惊吓的小猫，向北跳跃。

这时，船只几乎侧着躺倒在海上，格得抓稳一根柱子，高声说："船主，驶回瑟得屿去！"

船主诅咒起来，并大叫他不愿驶回瑟得："回去？我们有巫师在船上，而我是这一行最出色的水手，这又是一条最灵巧的船——现在要回去？"

说时迟那时快，船只大转一圈，简直像被一股漩涡抓住了龙骨，害得船主也得紧握船柱，才没被甩出船外。于是格得对他说："把我放回瑟得屿，你就可以任意航行了。这大风不是要对抗你，而是要对抗我。"

"对抗你？一个柔克岛出身的巫师？"

"船主，你没听过'柔克之风'吗？"

"听过呀，就是防止邪恶势力侵扰智者之岛的风呀。但你是降龙巫师，这风与你何干？"

"那是我与我的黑影之间的事。"格得像巫师一样简短答复。他们快速航行，一路上格得都没再说话。明朗的天空加上稳定的风，他们得以顺利驶回了瑟得屿。

从瑟得码头上岸时，格得心中无比沉重及恐惧。现在已进入冬季，白天短暂，暮色来早。每到傍晚，格得的不安总是加深。现在，连转过一个街角，似乎都是一大威胁。他必须克制自己不要一直回头张望，免得看到可能紧跟在后的东西。他走到瑟得屿的海洋公会会馆，那是旅客和商人聚集用餐的所在，不但由镇区供应上好食物，还可以在长椽大厅就寝，这就是内极海繁华岛屿的待客之道。

格得从自己的晚餐食物里省下一些肉，餐后带到火坑旁，把一整天蜷缩在他帽兜里的瓯塔客劝诱出来吃东西。他抚摸瓯塔客，小声对它说："侯耶哥，侯耶哥，小家伙，沉默的……"但瓯塔客不肯吃，反而潜入他的口袋藏起来。根据这情形，以及他个人隐约的不确定感，还有大厅各角落的阴暗，格得知道黑影离他不远。

这地方没人认识格得，他们是别岛来的旅客，没听过《雀鹰之歌》，所以没人来和他搭讪。他自己选了张草床躺下。可是，所有旅客在偌大的长椽大厅安睡，他却整夜睁眼不能成眠。他整夜试着选择下一步路，计划着该去哪儿，该怎么做，但每个选择、每项计划，都是一条可预见的死路，行不通。不管哪条路，走到底就可能与黑影狭路相逢。唯有柔克岛没有黑影，可是他却没法去柔克岛，因为那个保持岛屿安全、高超有效的古老咒语，禁止他进入。连柔克风都高扬起来抗御他，可见一直在追捕他的那东西，必定很靠近他了。

那东西没有形体，阳光下无法得见，产自一个没有光明、没有所在、没有时间的疆域。它穿越时光、横跨海洋，在阳界摸索着寻找他，只有在梦境和黑暗中方能现形。它的存在还不具实质，所以阳光也照不着。同样的情形在《侯德行谊》中已被传唱："晓曙创造地与海，形状来自黑影，把梦逐入黑暗王国。"一旦黑影逮着格得，就会把他的力量拉走，把他身体一切的重量、温暖、生命，把支持他行动的意志力全都取走。

这就是在每条路上，格得都可以预见的劫难。而且他也知道自己可能中计而走向那个劫数，因为黑影越靠近他，就越强大，现在恐怕已有足够的力气驱使邪恶的力量或人，来达到它的目的，诸如指示格得错误的征兆，或借陌生人之口向他说话，等等。格得知道，今夜借宿海洋公会会馆长橡厅各角落的人群里，那黑暗的东西正在寻找其中一个黑暗的灵魂，潜进那个人的身体里，以便有个立足点可以就近观看格得。甚至此刻，它就正在利用格得的虚弱、恐惧与不确定，而充实丰富自己呢。

这是无可忍受的事，他必须寄托机运，任随机运带领前行。

第一道黎明寒光刚起，格得便下床，匆匆就着黝黯的星光赶到瑟得码头，决心搭乘最早的船班出海。一艘桨帆两用船正把鲣比鱼油装上船，预定日出启航，开往黑弗诺岛的大港口。格得请求船主搭载。巫师的手杖是多数船只认定的通行证和船资，所以，他们满心乐意让格得上船。不出一个时辰，这艘船便出发了。四十只长桨一举高，格得的精神也跟着振奋起来。控制划桨动作的鼓声则为格得打造出一种勇敢的乐音。

不过，他还不晓得到了黑弗诺会如何，也不知道到了以后要往哪里去。向北似乎是个不错的方向，他自己就是北角人，说不定可以在黑弗诺找到船只载他回弓忒岛，到了弓忒岛，说不定可以再见到欧吉安。或者，他说不定可以找到船只开往陲区，远得让黑影跟丢，最后放弃追捕他。除了这些模糊的想法之外，格得的脑子里别无计划了。他也明白，他不一定要走哪条路，只知道他必须逃跑……

离开瑟得港后，这四十只大桨已经在第二天日落前，在冬日海上划行了一百五十英里。他们来到厚斯克大陆东部的海港欧若米，因为这些内极海的贸易大船一向沿着海岸航行，而且尽可能靠港过夜。由于天色尚明，格得便上岸，在港镇的陡街无目的地闲晃沉思。

欧若米是个老镇，全镇都是岩石和砖块建造的宏大建筑，高墙厚壁，以抵挡内陆不法的地主。码头仓库造得有如碉堡，商贾房舍也建有塔楼和防御工事。然而，在漫步街道的格得看来，那些硕大的宅邸有如罩纱，背后蛰伏着空荡的黑暗。与他错身的路人，只专注于自己的事，看起来都不像真人，而只是无声的人影。日落时，他重回码头，虽然有明亮的红光及日暮的晚风，他依然觉得海洋和陆地一片幽暗无声。

"巫师大人，您要上哪儿去？"

突然有人从背后这么招呼他。格得转身，看见一个身穿灰衣的男子，拿着一根笨重的木杖，那木杖并不是巫杖。这陌生人的脸孔隐藏在红灯下的帽兜里，但格得可以感觉那双看不见的眼睛与他四目相对。格得收回视线，把自己的紫杉手杖举到两人中间。

男子温和地问："您在害怕什么？"

"跟在我背后的东西。"

"是吗？但我不是您的黑影。"

格得静立不语。他知道不管这男子是谁，确实不是他所害怕的东西：他不是黑影，不是鬼魂，也非尸偶。在业已笼罩人间的这片死寂与幽黑中，这个人至少还有声音，也有实质。这时，此人把帽兜拉到后头，现出一张奇怪、秃头、布满皱纹的脸孔。虽然他的声音不显老，但面孔看起来是个老人。

"我不认识你，"穿灰衣的这个男子说，"但是我想，我们也许不是意外相逢。我曾听说过一个脸上有疤的年轻人的故事，说他借由黑暗赢得大权，甚至王位。我不晓得那是不是你的故事，不过，我要告诉你如果你需要一把剑与黑影搏斗，就去铁若能宫。一根紫杉手杖不够你用。"

听对方这么说时，格得心中起了希望与怀疑的挣扎。一个深谙巫道的人总是很快体会到，凡所际会，确实很少是偶然，这些际会的目的，不是好就是坏。

"铁若能宫在哪个岛上？"

"在欧司可岛。"

一听到这名字，格得霎时透过记忆幻觉，看见绿草地上的一只黑渡鸦，仰起头，睁着亮石般的眼睛斜睨着他，对他讲话，但是讲什么话已经忘了。

"那岛屿名声不太好。"格得说着，一直注视着这个灰衣男子，想判断他是个什么样的人。看他的举态，似有术士之风，甚至巫师风范。不过，他对格得说话不太客气，有一种诡异的疲惫表情，看起来几乎像是病人，或犯人，或奴隶。

"你是柔克岛来的，"对方回答，"柔克岛出身的巫师，对于不是他们自己的巫道，都判予不良名声。"

"你是什么人？"

"一名旅者，欧司可岛的贸易代理，因商务来此。"灰衣男子说。见格得不再多问，便沉静地对这年轻人道晚安，沿着码头上方的陡斜窄街离去。

格得转身，拿不定主意是否该接受这个讯息。他向北瞻望，山上和冬日海面的红色灯光已经渐渐消退。灰暗的暮色降临，暮色之后紧随着黑夜。

匆匆决定后，格得沿着码头疾走，看见一名渔人正在平底小船里折叠渔网，便招呼他说："你知道港内有船要向北航行，到偕梅岛或英拉德群岛吗？"

"从欧司可来的那条长船，可能会在英拉德群岛停靠。"

格得又急忙赶至渔人指示的长船上。这是一条六十桨的长船，像蛇一样枯瘦，高而弯的船首镶刻着莲壳状的圆盘，桨座漆成红色，还描绘了黑色的西佛秘符。看起来是条恐怖却快速的船，船员都已上船，一切备妥待发。格得找到船长，请求搭载一程。

"你付钱吗？"

"我会一点御风术。"

"我自己就是天候师。你没有什么可以付的吗？没钱吗？"

下托宁的岛民曾尽力以群岛区商人使用的象牙代币支付格得薪酬，虽然他们想多给一些，但格得只收取十个。现在他把那十个代币全给了这个欧司可商人，不料对方却摇摇头："我们不使用这种代币，要是你没什么可以付船资，我也没有地方可以让你上船。"

"你需要助手吗？我曾经划过帆桨两用船。"

"行，我们还少两个人，去找张凳子吧。"船长说完，就再也不管他了。

格得把手杖和装书的袋子放在桨手的座凳下方，准备充当桨手，在这艘北驶的长船中，经历辛苦的十个冬日。他们在破晓时驶离欧若米港口。当天，格得以为他永远也赶不上桨手的工作：他的左手臂因肩头旧伤而有点用力不顺，而且在下托宁海峡的划船训练，和在长船上跟从鼓声一直推桨的情况大为不同。每一次划桨为时两三个小时，才由第二班桨手接替，但这段休息时间似乎只能让格得全身的肌肉僵硬，接着就又要回去推桨了。第二天情形更糟。但之后，格得狠下心干活，倒也顺利撑了下去。

船上的工作人员，不像他第一次搭乘"黑影"号去柔克岛的那些船员，让人感受到友谊。安卓群屿和弓忒岛的船员是生意伙伴，大家为共同的利益努力。但欧司可岛的商人却利用奴隶和背誓的保人划桨，或者花钱雇人划桨，雇人的支酬是使用金币。黄金在欧司可岛是不得了的东西，却不能造就良好的友谊，对同样重视黄金的龙族而言，也是如此。这艘长船既然有一半的水手都是奴隶，被迫工作，船上的高级官员自然都是奴隶主，个个凶狠。他们的鞭子从不落在雇工或付钱渡船的桨手身上，但是船员之间也难有友谊可言，因为有些船员会被鞭打，有些不会。格得的同伴很少互相交谈，更少对他说话。他们大都是欧司可人，讲的不是群岛区使用的赫语，而是自己的方言。他们生性冷峻，胡子黑、头发细、皮肤白，所以大家都喊格得为"奎拉巴"，意思是红皮肤的人。虽然他们知道格得是巫师，对他却没什么敬意，反倒有股防备的恶意。好在格得自己也无心交友，坐在分配的座凳上，被划桨的有力节奏捆牢，成了六十个桨手的其中一员。在空茫茫的大海上这样航行，他觉得自己毫无遮蔽，也毫无戒备。傍晚，船只驶进陌生的港口过夜，格得缩进帽兜睡觉。尽管疲乏，他照旧做梦、吓醒、再做梦，全是些邪恶的梦，醒来以后也不复记忆，但它们却好像悬在船只周围与船员之间，因此他对船上每个人都不信任。

欧司可岛的自由人一律在腰际佩挂长刀。有一天，因为桨班轮替，所以格得与一些欧司可自由人一同午餐，其中一人对他说："奎拉巴，你是奴隶还是背誓的保人？"

"都不是。"

"那你为什么没佩挂长刀？是怕打斗吗？"那个叫作史基渥的人嘲弄地问。

"不是。"

"你的小狗会替你打斗吗？"

"它是瓯塔客，不是小狗，是瓯塔客。"另一个听到他们对话的桨手这么说完，又用欧司可方言对史基渥讲了什么，史基渥便皱起眉头，转身离开了。就在他转身并斜眼注视格得时，格得瞧见他的脸孔变了：五官整个都改变了，仿佛那一瞬间有什么东西改变了他，或利用了他。可是那一刻过去之后，格得再看那人，面貌却依旧，所以格得告诉自己，他刚才所见是他个人的内心恐惧，他个人的恐惧反映在别人眼里。但他们靠宿埃森港口的那一夜，他再度做梦，史基渥竟然进入他的梦中。那之后，格得尽可能躲避史基渥，而史基渥好像也避着格得，所以两人便没再交谈。

黑弗诺岛的罩雪山峦落在他们背后，继续朝南边方向沉陷，再让早冬的雾气遮得朦胧不清。之后，他们划桨航经伊亚海海口，也就是早年叶芙阮溺毙的地方。接着他们又划经英拉德岛。他们在象牙城的贝里拉港口度过两夜，那是英拉德岛西边一处白色海湾，有着很多神话传说。停靠所有港口时，船员都留在船上，没有一个上岸。所以，红日升起时，他们便划出港口，到欧司可海，接着进入北陲空阔海域。东北风在这里无遮无挡地吹袭，他们在这片险恶海域航行，倒是人货安全。第二天他们便驶进欧司可东岸的贸易城：内玄市的港口。

格得眼前所见，是一个常遭风雨击打的低平海岸，港口由石造防波堤构成，长堤后蹲伏着灰暗的城镇，城镇后方是落雪的暗沉天空，天空下是光秃无树的山峦。他们已经远离内极海的阳光了。

内玄市海洋商会的装卸工人上船来卸货，货物有黄金、珠宝、高级丝料、南方织品等欧司可地主特别喜爱收藏的珍品。卸货时，船员中的自由人可以任意活动。

格得拦住一位卸货工人问路。自始至今，格得对全体船员都不信任，从没对谁提过自己要去哪里。可是现在，他单独置身于陌生异地，便须寻求指引。被问的人继续装卸工作，不耐烦地回说不晓得路。但无意中听到他们对话的史基渥，倒主动回答："铁若能宫？在凯克森荒地上，我走那条路。"

照理，格得不会选史基渥当同伴。但他既不懂当地方言，又不认得路，就没什么选择了。他心想，那也不要紧，反正来这里并不是他自己的选择。他受驱使而来，既然来了，就顺着继续走下去好了。他拉好帽兜，拎了书袋和手杖，尾随史基渥走过镇上的街道，爬坡进入覆雪的山峦地带。小瓯塔客不肯跨骑在他肩上，而是躲在斗篷底下的羊皮袍子口袋里，和冷天时一样。极目望去，四周光秃的山峦延伸着没入荒凉起伏的野地。两人无语前进，四周漫山遍野覆盖着冬之沉寂。

"多远？"走了数英里路，四面八方不见半个村庄，想到他们没有随身携带食物，格得于是问起路程远近。史基渥回头一下，拉拉帽兜，答道："不远。"

那是一张丑陋、苍白、粗糙、残酷的脸孔。格得倒不怕任何人，只是他或许害怕这样一个人会把他带往何处。但他只是点点头，两人继续前进。他们行走的道路其实是一条残径，是薄雪和光秃树丛交错的不毛之地。途中不时有岔路横贯而来或分支出去。这时，内玄城的烟囱所冒的烟气已在背后渐暗的午色中隐逝。他们应该继续往哪里走，或曾经走过哪里，已经完全没有踪迹可循。只有风一直由东边吹来。步行数小时后，格得认为他看到西北方远处，就在他们前往的山上，有个小点背衬着天空，像颗白牙。可是白日短暂的天光正在消退，等到他们又步上小路的另一坡时，格得还看得出那小点好像是塔楼或树木之类的东西，却比之前更朦胧了。

"我们要去那里吗？"他指着该处问。

史基渥没回答，只管紧裹着镶毛的欧司可式尖尾帽兜，继续吃力前进。格得在他身旁大步跟随，他们已经走了很远。单调的步履，加上船内冗长辛劳的日夜工作，格得感到困倦。他开始觉得自己好像一直在这个沉默的人身边走着，穿越沉默的阴暗陆地，而且还要一直走下去。他固有的谨慎和目的都渐渐迟钝了，仿佛在一场漫长的梦中行走，漫无目的。

瓯塔客在他口袋中动了一下，他脑子也被一丝模糊的恐惧扰动了一下。他强迫自己说话："史基渥，天黑了，又下雪。还有多远？"

一阵停顿，对方没有转头，只答道："不远了。"

但是他的声音听起来不像人的声音，倒像是没有嘴唇、粗声粗气的野兽勉强在说话。

格得止步。迟暮天光中，四周仅是空荡的山峦向四方延伸，而稀稀落落的小雪正翻飞而下。格得叫了声："史基渥！"对方停下脚步，转过身，尖帽兜底下竟然没有脸孔！

在格得能施法或行召唤力量之前，倒让那个尸偶以粗嘎的声音抢先说话了："格得！"

如此一来，年轻的格得想变形也为时已晚，只能固锁在自己真实的存在中，必须这样毫无防备地面对尸偶。在这个陌生异地，他即使想召唤任何助力也没办法，因为这里的人事物他全然不识，所以没有东西会应声前来相助。他孑然站立，与敌手之间，只有右手握的那根紫杉手杖。

把史基渥的心智吞掉、占据他肉身的那个东西，正利用史基渥的形体，朝格得跨前一步，两只手臂也向他伸来。格得被急涌上来的恐惧填满，猛地跳起，手杖"唰"地伸出去碰那个藏匿黑影脸孔的帽兜。遭这猛力一击，对方的帽兜与斗篷霎时几乎整个瓦解在地，仿佛里面除了风以外，什么都没有，却在一阵翻滚拍动后，又站立起来。尸偶形体的实质早已渐渐流失，宛如徒具人形的空壳或空气，不真实的肉体穿着真实的黑影。这时，那黑影好像吹风似的抽动膨胀起来，想要像那次在柔兑圆丘一样抓住格得。要是让它得逞，它就会抛开史基渥的躯壳，进入格得的肉体，把格得由里而外吞噬、占有，这也是它全部的欲望。格得再度用冒着烟的沉重手杖出击，想把对方打倒，但是它又回来，格得再打一次，然后就把手杖扔了，因为手杖已经起火，烧到了他的手。他往后退，接着立刻转身就跑。

格得跑着，仅差一步的尸偶也跟着跑，虽然跑不赢，却始终没有落后太多。格得始终没有回头，他跑着，跑着，穿越一无遮蔽、被暮色笼罩的广阔大地。尸偶一度用吹气似的声音，再次呼叫格得的名字，虽然尸偶已经取走格得的巫力，所幸还没有力量胜过他的体力，也无法迫使格得停下来，所以格得才能一直跑。

夜色使猎人与猎物都暗淡下来，雪覆盖了小径，使格得再也看不清路。他的脉搏在双眼里蹦跳，气息在喉咙里燃烧。其实，格得已不是真的在奔跑，而是跟跟跄跄硬拖着步伐向前迈进。怪的是，尸偶好像无法抓到他，只是一直紧随在后，对着他呢喃咕哝。格得这时忽然领悟：终其一生，那个细小的声音一直在他耳里，只是听不见而已；但现在，他可听清楚了。他必须投降，必须放弃，必须停止。可是，他仍继续拼命爬上一条幽暗不清的长坡。他觉得前头某处有灯火，而且他觉得他听见前面有个声音，在他头上某处叫着："来！来！"

他想应答，但没有声音。那个淡弱的灯火逐渐清晰，高悬在他正前方的门口里。他没看见墙，却看到大门。这一幕使他停了下来，尸偶赶上来抓住他的斗篷，并在两侧摸索着，想由后面整个抱住他。格得使出最后一点力气，扑进那扇隐约发光的大门里。他原想转身关门，不让尸偶进去，但双腿却使不上力，他摇摇晃晃，想找个支撑点。灯火在他眼中旋转闪烁。他觉得自己倒了下来，甚至感到自己在倒下时被抓住，精疲力尽之余，他晕了过去，神志一片黑暗。

第七章

鹰扬

THE HAWK'S FLIGHT

格得醒来后，躺了很长一段时间。他唯一知道的是：醒着真好，因为他原本没想到自己还能醒过来；见到光真好，他身处一片无遮的日光之中。他感觉自己好像在光里飘浮，或是坐船在宁静异常的水面上漂流。最后，他终于弄清楚自己是在床上，但那张床和他以往睡过的床都不一样。这张床有个床架，由四根高高的雕柱支撑，床褥是厚丝绒，这也是格得以为自己在飘浮的原因。床的上方张挂着能挡风的枣红色罩篷。两侧的帘子系起，格得向外观望，看到的是石墙石地板的房间。透过三扇高窗，他看到窗外野地，光秃秃呈赤褐色，在冬季温和的阳光下，到处积了一块一块的雪。这房间想必离地很高，因为从窗户望出去，可以看到很远的地方。

　　格得起身时，一条绒毛心的缎面床单滑到一边，他才发现自己穿了一身丝质银衣，像地主一样。床边一把椅子上，已为他摆妥一双皮靴及一件毛皮衬里的斗篷。他有如着魔的人，平静而迟钝地坐了一会儿，之后才站起来，伸手想去拿手杖，但手杖不见了。

他的右手虽然上了膏药绑着，但手掌和手指都灼伤了，现在他才感觉痛，而且还觉得通体酸疼。

他又静立片刻，才低声不抱希望地呼叫："侯耶哥……侯耶哥……"因为那只凶猛但忠诚的小动物也不见了，那个安静的小灵魂曾经把他从亡界带回来。昨晚他奔跑时，它还跟着他吗？那是昨晚，还是很多晚以前的事？他不知道。这一切都模糊难明，尸偶、燃烧的手杖、奔跑、小声呼叫、大门，没有一件回想得清楚。即使到现在也没有一件事清楚。他再度低唤宠物的名字，却不抱希望，泪水浮上了他的双眼。

远方某处有微弱的铃声。第二次铃声就在房门外悦耳地响起。在他身后，就是房间的另一头，有扇门开了，进来一个女人。"雀鹰，欢迎你。"她微笑说着。

这个女人年轻高挑，身穿白色和银色相间的衣服。头上别了一张银网，状似王冠。长发如黑瀑布直泻而下。

格得僵硬地鞠躬。

"我猜，你不记得我了。"

"记得你？夫人？"

他这辈子不曾见过这么美丽的女人，打扮得也与她的美貌如此相称，只有柔克岛日回节时，偕同夫君来参加节庆的偶岛夫人能与之相比。但偶岛夫人好比一盏微亮的烛火，眼前这女子却好似银色的新月。

"我想你不记得了，"她微笑说道，"你尽管健忘，但你在这里还是像老朋友一样受欢迎。"

"这是什么地方？"格得问道，依旧感觉僵硬，口舌不灵活。他发现与这女士说话很难，要不看她也难。身上这套王公贵族的衣着，让他感觉奇怪，地上踩的石块又陌生，连呼吸的空气也异样——他不是他自己，不是以前的自己。

"这座主塔楼叫作'铁若能宫'。我夫君叫班德斯克，他统治这块陆地，范围从凯克森荒地边缘起，北至欧司可山脉。他还守护着一块叫作'铁若能'的珍石。至于我，欧司可这一带的人都叫我席蕊，在他们的语言里是'银色'的意思。至于你呢，我晓得别人有时候叫你'雀鹰'，你是在智者之岛受训成为巫师的。"

格得低头看着自己灼伤的手，很快表示："我不晓得我是什么。我有过力量，但我想现在已经消失了。"

"不，力量没有消失！或者说，你还会获得十倍于此的力量。你在这里很安全，不用怕那个把你驱赶到这里的东西。这塔楼四周都有牢固的城墙，有的还不是石块建造的。你可以在这里休养，再把力气找回来。你也可能在这里找到一种不同的力量，找到一根不会在手中烧成灰烬的手杖。毕竟，劣途也可能导致善终。现在你跟我来，我带你看看我们的领地。"

她的话语极为悦耳动听，以致格得几乎没听清楚她在说什么，只是凭着她的声音移动，依言跟随她。

他的房间确实离地很高，因为房间所在的塔楼有如山巅突出的一颗牙齿。格得跟随席蕊，循着曲绕的大理石阶梯，穿越富丽的房间和厅堂，经过许多扇面向东西南北方的高窗，每扇窗户都可以俯瞰土棕色矮丘。山丘上没有房子，没有树木，也没有变化，那景象在冬阳照耀的天空下，一览无余。其中只有遥远的北方可以见到几座白色山峰鲜明地衬着蓝天，南面大概可以猜测是海面在阳光下照耀。

仆人们开了门，马上退立两旁，让格得与夫人通行。那些仆人都是冷峻的白皮肤欧司可人。夫人的皮肤也白，但她与其他人不同，她能说流畅的赫语，在格得听来，甚至带有弓忒口音。当天稍晚，夫人引领格得谒见她的夫君，铁若能领主班德斯克。班德斯克的年纪是席蕊的三倍，他也是白皮肤，瘦骨嶙峋，眼神混浊。他欢迎格得，并表示想作客多久都无所谓，那态度虽不失礼貌，却严峻冷淡。他说完这些就没再多言，甚至没问格得旅途如何，也没问起那个追他至此的敌人——连席蕊夫人也没向他问起。

这一点如果算是奇怪，那么这个地方，以及格得何以置身于此，就更是奇怪了。格得似乎一直觉得心神不清，没办法完全看清事物。他意外来到这座主塔楼，但这意外却都是设计好的，或者说，他是遭人设计来此，但这设计的落实则纯属意外。他原本朝北航行，欧若米港有个陌生人指点他来这里寻找协助。接着，一条欧司可船早在等他上船，然后由史基渥负责带路。这一连串过程，有多少是那个追踪他的黑影所为？或者都不对，而是他与追踪他的黑影同时被别的力量硬拉至此。也就是说，格得追随某种诱力，而黑影则追随格得。至于利用史基渥作为武器，是碰巧吗？一定是这样没错，因为如同席蕊说过的，那黑影确实受到阻挠，无法进入铁若能宫。自从格得在这塔里醒来，一直没感觉到黑影潜伏的迹象或威胁。但，倘若真是如此，那到底是什么把他带到这里来？虽然格得的脑子目前仍处于迟钝状态，但他看得出来，这地方不是普通人想来就能来的。这里地处偏远，塔楼又高。内玄市是距离这儿最近的城镇，但塔楼背对着连接该城的道路。所以，没有人进出这座塔楼，而且从窗户俯瞰出去，四周尽是无人的荒地。

格得一个人在高耸的塔房里，每天从窗户看出去，日复一日，他感到又迟钝、又消沉、又寒冷。塔里一直都很冷，即使有许多毯子、织锦挂画、毛皮衬里的衣物、宽阔的大理石壁炉，也还是冷。那种冷深深侵入骨头和脊髓，赶也赶不走。而格得的内心，也住着一股冰冷的耻辱，赶也赶不走：每一想起他曾与敌人面对面，却落败而逃，那股冰冷的耻辱就一拥而上。柔克学院所有的师父都在他心中集合，耿瑟大法师在当中皱着眉头，倪摩尔也和他们在一起，还有欧吉安，甚至连教他第一招法术的女巫姨母也在，所有人都瞪着格得。格得明白自己辜负了他们对他的信心。他向众人辩称："如果我不逃跑，那黑影就会占有我。它已经拥有史基渥的全部力气，还有我部分的力气了，而且我也斗不过它，它知道我的名字，我只得逃跑。尸偶加上巫师，会成为一股邪恶与毁坏的恐怖力量，我不得不逃跑。"可是在他心里聆听他辩白的那些人，却都不肯回答他。他只能照旧望着窗外的细雪，不断飘到窗下的空地荒野，让他觉得迟钝与寒冷在心中扩大，扩大到最后没有感觉，只剩下疲乏为止。

就这样，格得凄惨地独自熬过几天的时间，等他终于有机会出房间、下塔楼时，他依然沉默，反应不灵活。主塔楼夫人的美貌让他心乱神迷，置身这个富丽舒适、井然有序的奇异宫楼，格得更加觉得自己只是个彻头彻尾的牧羊人。

他想独处时，他们就让他独处；等他受不了自己内心的想法，也不想再看落雪时，席蕊就会在塔楼下层的某间弧形厅中与他闲聊。塔楼下层有许多这样的厅室，壁上挂毡，炉火熊熊。在塔楼夫人身上看不到欢畅，她虽然常微笑，却不曾大笑。但她仅需一个微笑，就足以让格得自在起来。格得与她相处之后，才渐渐忘记自己的迟钝和耻辱。不久，他们便天天见面，就靠在塔楼高房的壁炉边或窗口长聊，静静地、漫不经心地，稍微避开随时在席蕊身边的女侍。

年迈的领主多半时间都在自己房里，只有早晨会在塔楼内白雪覆盖的天井来回闲步，像把整夜的时间都用于酝酿法术的老术士。晚上与格得及席蕊一同用餐时，他也沉默坐着，有时抬眼瞥一下年轻的夫人，目光严厉而阴仄。格得怜悯这位夫人，她就像笼中白鹿、折翼白鸟、老男人指上的银戒，只是班德斯克的一项收藏品。等老爷离去之后，格得总是留下来陪她，设法驱走她的孤独，让她开心，如同她驱走他的孤独，让他开心一样。

"那个用来为这塔楼命名的宝石，是什么宝石？"格得问夫人。他们两人仍坐在空荡荡的烛光餐厅里谈话，金色餐盘和金色高脚杯内都已空无一物。

"你没听说过吗？那块宝石很有名哪。"

"没听过。我只晓得欧司可岛的领主都有声名显赫的宝藏。"

"噢，这块宝石的光辉胜过所有的矿石。来吧，想不想见识一下？"

她微笑着，脸上带着讥嘲和刻意挑衅的表情，好像有点担心自己的决定。她带着年轻的格得离开餐厅，经过塔楼底层窄小的走廊，走到地下室一扇上锁的门边。格得还没看过这道门。夫人用一把银钥匙开锁，开锁时，还用她一贯的微笑仰望格得，好像在激励格得继续随她走。那扇门之后是一段短甬道，接着又是一扇门。这次她用一把金钥匙开锁。过了这扇门，是第三扇门，她用解缚大咒语开锁。进入最后这扇门里面，她手执的烛火映现出一个小房间，看起来像个地牢，地板、墙壁、天花板，全是粗石，空空的没有任何设备。

"你见到没？"席蕊问。

格得环顾室内，他的巫师之眼见到了地板石当中的一块。那是块巨大的地板铺石，与其他石头一样粗糙阴湿。但格得可以感觉到它的力量——有如它在大声对他说话一样，而且，他的喉咙紧抽一下，呼吸窒住，一时周身都觉难受。这就是高塔的奠基石。这里是塔楼的中心点，但这里很冷，冷得刺骨，没有什么能使这小房间温暖起来。它是一块太古石，石中禁锢着一个旷古而恐怖的精灵。

格得没有回答席蕊，只是静静站着。一会儿，席蕊好奇地迅速瞥了格得一眼，同时手指着那块石头："那一块就是铁若能宝石。你会不会感到奇怪，为什么我们会把这么珍贵的宝石锁在塔楼最底下的收藏室里？”

格得仍然没有回答，只是默默地留神站着。也许她是在测试他；但格得认为席蕊对这石块的特性一点也不清楚，才会用轻忽的态度谈起这石头。她对这块石头还不够了解，所以不怕它。

“你告诉我它有什么力量。”格得终于说道。

“远在兮果乙由开阔海升起世界上的陆地以前，这块石头就已经造成了，与世界同时诞生，将永存至末日。对它而言，时间根本微不足道。如果你把手放在它上面，问它问题，它就会根据你内在力量的多寡来回答问题。只要你懂得怎么聆听，这石头就有声音。它可以谈以前、现在、未来的事。早在你踏上这块土地之前，它就已经提到你来的事了。你现在要不要问它一个问题？”

“不要。”

“它会回答你哟。”

“我没有问题要问它。”

“说不定它会告诉你如何打败你的敌人。”席蕊轻柔地说道。

格得静立无声。

“你怕这块石头吗？”席蕊好像不可置信似的问着，格得回答：“对。”

在层层法术石墙围绕的这个房间中，在要命的寒冷与寂静中，席蕊手持着蜡烛，用发亮的双眼又瞥了格得一眼，说："雀鹰，你才不怕呢。"

"但是我决不会跟那精灵说话。"格得回答，然后正面看着她，郑重说道，"夫人，那个精灵被封在石头里，石头又用捆缚术、眩目术、闭锁术、防卫术和三道坚固的围墙锁起来，藏在一个不毛之地。这并不是因为这块石头宝贵，而是因为它会造成重大恶行。我不知道当初你来的时候，他们怎么对你说的；但是像你这么年轻温和的人，无论如何都不应该碰这东西，连看都不要看，它对你没有好处。"

"可是我碰过它，对它说过话，也听它讲过话，它没伤害我呀。"

她转身，两人穿越重重的门及通道，最后来到塔楼宽敞的阶梯，一旁的火炬照耀着，席蕊吹熄了烛火。两人没说几句话就分开了。

当晚，格得睡得很少。倒不是想到黑影而睡不着，那份思虑已经逐出脑海，取而代之的是那个反复出现的石块，以及席蕊在烛光中明灭不定的脸孔。他一次又一次感受她那双注视他的眼睛，想确定他拒绝碰触那块石头时，席蕊双眼的神色是轻蔑还是受到伤害。等他终于躺下来就寝时，床上那条丝缎床单冷得像冰，使他又在黑暗中清醒，又想起那块石头和席蕊的眼睛。

第二天，他在灰色大理石砌的弧形厅里找到席蕊，她常在这里玩游戏，或与女侍在织布机旁工作。这时，西沉的落日照亮了厅室。格得对她说："席蕊夫人，我昨天对您无礼，很抱歉。"

"不会呀，"她露出回想的表情，又说了一遍，"不会。"她支开陪伴的女侍，等她们都走了以后，才转向格得。她说："我的贵客，我的朋友，你是个明眼人，但或许你还没想通这些该想通的事。弓忒岛和柔克岛都教人高超的巫术，但他们不会教尽所有的巫术。这里是欧司可岛，又叫渡鸦岛，不是说赫语的地区，所以它不受法师管制，法师也不太了解这岛屿。这岛上发生的事，南方那些大师不一定都处理过；而且这里的事事物物，有的也不在命名大师的名字清单上。人对不知道的东西，总是害怕，但你身处铁若能宫，却什么也不怕，换成一个比较弱的人，必定会害怕，你却不怕。可见你生来有力量，可以掌控封锁室里的东西。这一点我知道，这也是为什么你现在会在这里。"

"我不明白。"

"那是因为我夫君班德斯克没有对你完全坦白。我会对你坦白的。来，坐我旁边。"

他坐在她旁边那个有靠垫的窗台。将逝的阳光直射窗内，使他们沐浴在没有温暖的光辉里。塔楼下方的野地已然没入黑暗，昨夜的雪尚未融化，单调的白色覆盖着地面。

此时，她非常轻柔地说："班德斯克是铁若能的领主兼继承人，但是他没办法利用那东西，他没办法让那东西完全服从他的意志。我也不行，不管是单独或与他合作都不行。他和我都没有那种技艺，也没有那种力量。但技艺和力量你都有。"

"你怎么知道？"

"从石头本身得知！我告诉过你，那石头说你会来。它认识自己的主人，也一直在等你。在你出生以前，它就在等你了，等那个能够驾驭它的人。凡是能叫铁若能石回答问题且服从指示的人，就有力量掌控自己的命运，包括击毁任何敌人的力量——不管敌人是人是灵，还有远见、知识、财富、疆土；更有随心所欲的巫术，让大法师也自叹弗如！要多要少，随你选择，任你要求！"

她再一次抬起她奇异明亮的双眼望着格得，她的凝视穿透了他，让他着凉似的打起哆嗦。可是，她脸上也有恐惧，仿佛在寻求他的帮助，却碍于自尊而不便开口。格得十分茫然。她说话时，一手轻轻放在格得手上，在格得黝黑强壮的手上，席蕊的手显得瘦小白皙。格得辩道："席蕊！我没有你想的那种力量，我一度拥有的力量，都断送在我手里了。我帮不了你，对你没有用处。但我明白，地底的太古之力不是要供人使用的，绝不能交在我们手里，太古之力到我们手里只会破坏。不当的手段，必导致恶果。我不是受吸引而来，而是被驱赶而来；那个驱赶我的强大力量一心要毁灭我。我无法帮你。"

"断送了力量的人，有时会充满更大的力量。"她依旧微笑说着，宛如格得的惧怕和顾忌很孩子气，"是什么把你带来这里，我可能比你清楚。欧若米街上不是有个男子对你说话吗？他是铁若能石的仆人，是这里派去的使者。他本人曾是巫师，但是他放弃了巫杖，效力于一股比任何大法师的力量都强大的力量。于是你来到欧司可岛，在荒野中，你尝试用木杖与黑影战斗。我们差点救不了你，因为那个追随你的东西，比我们设想的还要狡猾，而且已经吸取你很多力量了……唯有黑影能对抗黑影；唯有黑暗能击败黑暗。雀鹰，你听我说！想想看，你需要什么，才能打败在重重围墙外等候你的黑影？"

"我需要知道它的名字，但那是不可能知道的。"

"那块铁若能石，知道所有的生与死，知道死前死后的生灵，知道未生与未死，知道光明界与黑暗界，它会把那个名字告诉你。"

"什么代价？"

"不用代价。我告诉你，它会服从你，像奴隶一样服侍你。"

格得动摇不定、内心交战，所以没有搭腔。席蕊此时用双手拉起格得的一只手，注视着他的脸。太阳已落入朦胧阴暗的地平线，天色也暗下来了，她看着格得，看着他的意志业已动摇，她的脸因赞许和胜利而愈发明亮。她轻柔地呢喃："你会比所有的人都强大，成为人中之王，你会统治一切，我也会和你一起统治——"

格得突然站起来，向前跨了一步，这一步让他看到长厅墙壁弯曲处，铁若能领主正站在门边静听，脸上还略带微笑。

格得的眼睛看清楚了，脑子也想通了。他低头看着席蕊。"击败黑暗的是光明，"他结结巴巴地说，"——是光明。"

他的话宛如指引他的光明，话一说完，他立即恍然明白自己是如何被牵引、诱导至此；他们如何利用他的恐惧引导他；等他来了，又如何把他留住。确实，他们救他脱离黑影，因为他们不希望格得在成为铁若能太古石的奴隶前先被黑影占有。一旦他的意志被石头的力量攫获，他们就会让黑影进入重重围墙——因为尸偶是比人类更为出色的奴才。要是格得触摸过太古石或是对它说话，必定早就完全迷失了。所幸，黑影一直不太能赶上格得，捉住他，太古石也同样无法利用他——差一点。格得几乎要降服了——也是差一点。他没有答应，邪恶很难掌握一个尚未答应它的灵魂。

他站在两个业已降服答应的人中间，轮流注视这两人。班德斯克走上前来。

"席蕊，我告诉过你，"铁若能领主用干枯的声音对夫人说，"他一定会逃过你的掌握。你们弓忒岛的巫师都是聪明的傻瓜。而你，弓忒岛的女人，你也是傻瓜一个，竟然想同时欺骗他和我，用你的美貌辖制我们两个，然后利用铁若能达到你个人的目的。可惜我才是太古石的主人，对不忠的妻子，我是这么处理的：'依卡符罗·哀·欧耶湟塔……'"那是一种变换术。班德斯克的长手高举，欲将那个瑟缩的女人变成某种不堪的东西，也许是猪、狗，或是流口水的丑老太婆。格得赶忙上前，用手去打领主的手，同时口念一个短咒。虽然他没有巫杖，又置身异乡邪地，一个黑暗势力的疆域，但他的意志占了上风。班德斯克站立不动，浑浊的眼睛怨恨且茫然地盯着席蕊。

"来，"席蕊颤声道，"雀鹰，快，趁他还没把太古石仆人招来……"

一个细小的声音如同回声般在塔内流窜，穿透石墙石地。那是干涩颤抖的低语，好像土地本身居然说话了。

席蕊抓住格得的手，与他一同跑过甬道和厅堂，步下曲折回绕的长阶，他们来到天井时，最后一道天光还照在经人践踏过的污雪上。城堡里的三名仆人拦住他们的去路，不悦地盘问两人，好像怀疑这两人做了什么对主人不利的事。"夫人，天色渐渐晚了。"一个人这么说完，另一个人接着说："这时候你们不能出城去。"

"走开，脏东西。"席蕊大叫，她用的是齿擦音极明显的欧司可语。仆人应声倒伏在地面打滚，其中一人大声尖叫。

"我们一定要从大门出去，没有别的出口。你看见门了吗？你找得到吗，雀鹰？"

她用力拉他的手，但格得踟蹰不前："你对他们施了什么咒？"

"我把热铅注入他们的脊髓，他们一定会死。快啊，我告诉你，他就要把太古石仆人放出来了，我竟然找不到大门——大门施了重咒，快！"

格得不懂她的意思，因为依他看，那扇被施咒的大门明明在庭院的石拱廊前端，他看得一清二楚。他领着席蕊穿过拱廊，横越前院无人踩踏的雪地，然后，他口念开启咒词，就带她穿越了那道法术墙中间的大门。

他们一走出门，进入铁若能宫外的银色暮光，席蕊就变了。在野地的荒寂光线里，她的姿色依然不减，但那美色带着女巫的凶杀之气。格得终于认出她了——她就是锐亚白镇镇主的女儿，欧司可岛一个女蛊巫的女儿，很久以前曾在欧吉安住家山上的青草地嘲弄过他，因而促使他阅读那个释放黑影的法术。

不过，格得没时间多想，因为现在他得全神提高警觉，环顾四周寻找敌人，也就是在法术墙外某处等他的黑影。它可能还是尸偶，披着史基渥的死尸；也可能潜藏在这片无边的黑暗中，等着抓住格得，再将自己的无形无状与格得的血肉之躯加以融合。格得感觉它就在附近，却看不到它，再仔细瞧时，他看到一个小小黑黑的东西，半埋在大门几步外的积雪里。他弯下腰轻轻把那东西捧起来，那是瓯塔客，细细的短毛被血缠结，小小的身躯在格得手中，显得又单薄、又僵硬、又冰冷。

"快变形！快变形！它们来了！"席蕊尖声大喊，猛地抓住格得手臂，并指着塔楼。塔楼耸立在他们后头，在暮色中像颗巨大的白牙。靠近地下室的窗缝里，正爬出一种黑黑的动物，伸展长翼，慢慢鼓动，盘旋着越过城墙，向格得与席蕊飞来；而他们两人站在山脚下，一无屏障。先前在塔楼里听到的细小声音，这时慢慢变大，在他们脚下的土地颤抖呻吟。

愤怒涌上格得的心田，那是仇恨沸腾的怒气，冲着那些残酷地欺骗他、逼陷他、追捕他的死物而发。

"快变形！"席蕊向他尖叫，自己也迅速吸气施法，缩成一只灰色海鸥，飞了起来。但格得弯腰，从瓯塔客死去的雪地里摘下一片野草叶，那撮野草突出地面，既干枯又脆弱。格得举起野草，用真言对它念出咒语，野草便随之加长变厚，等咒语念完，格得手中握着一根巨大的巫杖。铁若能宫的黑色鼓翼怪兽向他飞扑而来，格得以手杖迎击时，并没有燃烧出红色的致命火焰，只发出白色的法术之火，不灼热，却能驱走黑暗。

怪兽又返回攻击。那些笨拙的怪兽存在于鸟类、龙族或人类出现以前的时代，长久以来为日光所遗忘，如今却被太古石那旷古常存的邪恶力量征召出来。怪兽侵袭格得，朝他猛扑，格得感觉怪兽的尖爪就在他四周扫划而过，它们的恶臭令他作呕。格得激烈地挥舞着以自己的愤怒和一片野草制成的光杖，驱赶它们。突然间，怪兽一哄而起，有如被腐肉吸引的野乌鸦，无声地拍着翅膀，转身朝席蕊海鸥飞行的方向飞去。它们巨大的翅膀看似缓慢，飞行速度却很快，每拍动一下，都把它们向空中大力推进。没有一只海鸥飞得过他们这种惊人的速度。

格得像昔日在柔克岛时一样，迅速把自己变成一只大鹰——不是大家称呼他的雀鹰，而是可以像箭或思想一样极速翱翔的旅鹰。他展开那对锐利强健的斑纹翅膀，飞去追赶那些追赶席蕊的怪兽。天色已暗，星星在云朵间闪烁。他看前方一团乱蓬蓬黑压压的兽群，全部朝半空中的一个点飞去。那黑点再过去不远处就是海洋，在最后一点天光中映现灰茫的闪光。旅鹰格得以超速飞向那些太古石怪兽，他一飞到怪兽群中，怪兽立刻像池子被丢入一颗小石子般,水花四散。但它们已经逮着猎物:其中一只怪兽的嘴角挂着鲜血,另一只的爪子揪着白色羽毛。苍茫的海面上,再见不到一只渔鸥飞掠。

怪兽又转向格得,丑恶地努着铁嘴张口飞扑而来。旅鹰格得一度在它们上空盘旋,用老鹰尖锐的叫声挑衅地叫出内心愤怒,然后"咻"地飞越欧司可岛低平的海滩,攀升至海洋浪花的上空。

太古石怪兽嘶哑地叫着,在原处盘旋片刻之后,便一只一只笨重地转回野地上空。太古之力长久被捆绑在每个岛屿的某个洞穴、某块岩石或某一汪泉水中,绝不会跨海而去。所以,这些黑色兽体又全部回到塔楼,铁若能领主班德斯克或许会为它们归来而哭泣或大笑。但格得继续飞行,拍着隼鹰之翼,鼓着隼鹰之怒,像支不坠落的利箭,也像一抹不忘却的思绪,飞跃欧司可海,向东飞进东风和夜色中。

缄默者欧吉安今年很晚才结束秋季漫游回到锐亚白镇的家。随着岁月推移,他变得比以往更沉默,也更安于孤独。山下城里那位新任的弓忒岛岛主曾经专程爬上"隼鹰巢"向欧吉安法师讨教,以便成功前往安卓群屿进行掠劫冒险,却一个字也没获赠。对网中的蜘蛛说话,也对树木礼貌问安的欧吉安,对来访的岛主一语不发,最后岛主只好悻悻然离开。欧吉安内心恐怕也有点不悦或不安，因为整个夏季和秋季，他都独自一人在山上周游，直到现在日回将近，才返家回到炉边。

返家次日，他起得晚，想喝杯灯心草茶，便走出家门，顺着山坡往下走一小段路，在一道山泉间取水。山泉水形成一座小池塘，边缘都结冰了，霜花勾勒出岩间干苔的形状。都已是大白天，太阳却照了一小时也照不到这座山的巨大山肩，因为整个弓忒岛西部在冬季的早晨，从海滨到山巅，都受不到日照，只是一片宁静。这位法师站在泉水边，观望下坡的山地、海港与远处灰茫大海时，听到有翅膀在头上鼓动的声音。他仰头一看，稍稍抬起一只手臂，一只大老鹰"咻"地飞下来停在他腕际。老鹰像训练有素的猎禽般，附着在他的手腕上，没有链子，也没有皮带或铃铛。它的爪子紧抓着欧吉安的手腕，斑纹翅膀颤抖着，金黄的圆眼睛虽显迟滞但野性仍在。

"你是信差，还是信息本身？"欧吉安温和地问这只鹰，"随我来——"他说话时，老鹰凝望着他。欧吉安沉默了一下。"我猜想，我曾经替你命名。"说着，他大步走回家。进了屋子，手腕还一直栖着那只鹰。这时，他把老鹰放到炉床上方的热气中，让它站好，然后喂它水喝。老鹰不肯喝。欧吉安于是开始施法。他十分安静，编织魔法网时运用两手多于念咒。等法术完全编好，他没看炉上的隼鹰，只是轻声说道："格得。"等了一会儿，他转头起身，走向站在炉火前身体发抖、双眼疲顿的年轻人。

格得一身华丽的奇装异服，以毛皮与丝、银制成，只是衣服破了，而且被海盐弄得僵硬。他憔悴驼背，头发垂挂在有疤的脸旁。

欧吉安取下那件华贵但沾泥带土的斗篷，带他到这个学徒曾经睡过的凹室，让他在草床上躺下，小声念了安眠咒语。他一个字也没对格得说，因为他知道格得这时候还无法说人语。

欧吉安小时候和多数男孩一样，曾认为利用法术技艺任意变换身形，或人或兽，或树或云，如此扮演千百种身份，一定是很好玩的游戏。成为巫师以后，他了解到这种游戏的代价，就是失去自我、远离真相。一个人停留在不是原形的变形中越久，这种危险就越大。每个学徒术士都晓得威岛包桔巫师的故事：那位巫师很喜欢变成熊形，变形次数多了、时间长了之后，那只熊在他身上长大，他本人却死了。所以他变成一只熊，还在森林里杀了亲生儿子，后来被人追捕杀死。没有人晓得，在内极海跳跃的众多海豚，有多少只本来是人。他们原是有智慧的人，只不过在永无静止的大海里嬉戏，高兴地忘了他们的智慧和名字。

格得出于激烈的悲痛与愤怒，才变成鹰形，他一路从欧司可飞返弓忒岛途中，心中只有一个念头：就是飞离太古石和黑影，逃开那些危险冰冷的岛屿，回家。隼鹰的愤怒和狂野，原本像是他自己的愤怒与狂野，后来也完全成为他的；他想飞翔的意志，

164

也成了隼鹰的意志。格得就是那样飞越英拉德岛，在一座孤独的森林水池喝水，接着又立刻振翅飞翔，因为害怕背后追来的黑影。就这样，他越过一条宽阔的海上航道，名为"英拉德之颌"，又继续一直向东南飞。他右侧是欧瑞尼亚的淡远山峦，左侧是更为淡远的安卓岛山脉，前方只有海洋，飞到最后，他才看见汹涌的海浪当中出现了一波不变的海浪，在前方屹立高耸，那就是白色的弓忒山巅。这次日夜大飞行，他等于穿戴隼鹰的双翼，也透过隼鹰的双眼观看天地，最后他渐渐忘了自己原本知道的想法，只剩下隼鹰知道的想法：饥饿、风、飞行路线。

他飞对了港口。要让他恢复人形，柔克岛有几个人能办到，而弓忒岛则只有一个人。

他醒来时，沉默而凶残。欧吉安一直没有和他讲话，只是给他肉和水，让他弓着身子坐在火旁，像只疲乏、冷酷、不悦的大老鹰。夜晚来时，他又睡了。第三天早晨，他走到端坐在炉火旁凝望着炉火的法师身边，说："师父……"

"欢迎，孩子。"欧吉安说。

"我这次回来，与我离开时一样，都是傻子。"年轻人说着，声音沙哑粗厚。法师微笑，示意格得坐在炉火对面，然后开始沏茶。

雪在飘。那是弓忒岛低地山坡的第一场冬雪。欧吉安家的窗户紧闭，但他们听得见湿雪轻轻落在屋顶上的声音，也听得见房子四周白雪的深邃宁静。他们在炉火边坐了很久，格得告诉师父自从他搭乘"黑影"号离开弓忒岛后这些年来的经过。欧吉安没有提出问题，格得讲完后，他静默许久，平静深思。然后他站起来去张罗面包、乳酪、酒，摆在桌上，两人坐下同吃。吃完收拾妥当，欧吉安才说："孩子，你脸上那些伤疤不好受吧。"

"我没有力气对抗那东西。"格得说。

欧吉安久久没说话，只是摇头。最后，他终于说道："奇怪，在欧司可岛，你有足够的力量，在术士的地盘败退他的法术。你有力量抵抗地底太古之力的诱惑，闪避它仆人的攻击。在蟠多岛，你也有足够的力量面对巨龙。"

"在欧司可岛，我有的是运气，不是力气。"格得回答，想起铁若能宫那股鬼魅般的阴冷，他再度不寒而栗，"至于降龙，那是因为我知道它的名字。但那邪恶的东西，那追捕我的黑影，却没有名字。"

"万物皆有名。"欧吉安说道，他的语气十分确定，使格得不敢重述耿瑟大法师曾对他说过的话：像他释放出来的这类邪恶力量是没有名字的。但蟠多龙的确表示过要告诉他黑影的名字，只是当时他不太信任它的提议。格得也不相信席蕊的保证，说太古石会把他需要的答案都告诉他。

"如果那黑影有名字，"格得终于说，"我想它也不会停下来把名字告诉我。"

"是不会。"欧吉安说，"你也不曾停下来把你的名字告诉它，但它却晓得你的名字。在欧司可岛的郊野，它喊你的名字，就是我帮你取的名字。奇怪了，奇怪……"

欧吉安再度沉思。格得终于说："师父，我是回来寻求建言的，不是避难。我不希望把这黑影带来给您，可是，如果我留在这里，它很快就会来。有一次您就是从这个房里把它赶走……"

"不，那一次只是预兆，是影子的影子。如今，我已经赶不走黑影，只有你才能赶走它。"

"可是，我在它面前毫无力量。有没有哪个地方……"格得的问题尚未问完，声音就减弱不可闻了。

"没有安全的地方。"欧吉安温和地说，"格得，下次别再变换身形了。那黑影执意毁灭你的真实存在，才迫使你变形，结果差点得逞。但是你该去哪里，我也不知道。不过，你该怎么做，我倒有个主意，但实在很难对你说出口。"

格得以沉默表示要求实话，欧吉安终于说道："你必须转身。"

"转身？"

"要是你继续向前，继续逃，不管你跑去哪里，都会碰到危险和邪恶，因为那黑影驾驭着你，选择你前进的路途。所以，必须换你来选择。你必须主动去追寻那追寻你的东西；你必须主动搜索那搜索你的黑影。"

格得没有说话。

"我在阿耳河的泉源为你命名，那条溪流由山上流入大海。"大法师说，"一个人终有一天会知道他所前往的终点，但他如果不转身，不回到起点，不把起点放入自己的存在之中，就不可能知道终点。假如他不想当一截在溪流中任溪水翻滚淹没的树枝，他就要变成溪流本身，完完整整的溪流，从源头到大海。格得，你返回弓忒，回来找我；现在，你得更彻底回转，去找寻源头，找寻源头之前的起点。那里蕴含着你获得力量的希望。"

"师父，哪里？"格得说的时候，声音里怀着恐惧，"在哪里？"

欧吉安没回答。

"如果我转身，"格得过了一阵子才说，"如果像您说的，由我追捕那个追捕我的黑影，我想应该不需要多少时间，因为它只盼与我面对面。它已经达成两次，而且两次都击败我。"

"'第三次'具有神奇魔力。"欧吉安说。

格得在室内来回踱步，从炉边走到门边，从门边走到炉边。

"要是它把我击垮，"格得说着，或许是反驳欧吉安，或许是反驳自己，"它就会取走我的知识和力量，加以利用。目前，受威胁的只有我，但如果它进入我，占有我，就会透过我去行大恶。"

"没有错，要是它击败你的话。"

"但如果我又逃跑，它肯定会再找到我……我的力气全都花在逃跑。"格得继续踱步片刻后，突然转身，跪在法师面前，说，"我曾经与伟大的巫师同行，也曾在智者之岛住过，但您才是我真正的师父，欧吉安。"他的口气满怀敬爱与凄黯的快乐。

"好，"欧吉安说，"现在你明白了，总比永远都不明白好。不过，你终究会成为我的师父。"欧吉安站起来拨弄了一下，让火烧旺些，再把水壶吊在上面烧煮，然后拿出他的羊皮外套。"我得去照料羊群了，帮我看着水壶，孩子。"

等他又进屋时，羊皮外套上全是雪花，手上多了一根粗糙的紫杉长枝。那天短短的午后和晚餐后的时间，欧吉安一直坐在灯火旁，用小刀、磨石和法术修整那根紫杉枝。他好几次用双手顺着枝干向下触摸，好像在找瑕疵。他埋首工作时，一直轻轻唱着歌。仍觉疲乏的格得听着，睡意渐浓，他觉得自己好像是十杨村女巫茅屋里的那个小男孩。那晚也下着雪，室内灯火暗沉，空气中有浓浓的药草味和烟气，他耳边听着轻柔漫长的咒语吟唱和《英雄行谊》，那是好久以前在遥远的岛屿上，英雄对抗黑暗势力而得胜或迷失的经过，听了使他整个心田有如入梦般飘浮起来。

　　"好了，"欧吉安说着，把完工的手杖递给格得，"柔克学院的大法师送你紫杉杖，是很好的选择，所以我遵循前例。我本来想用这树枝做成长弓，但还是这样好。晚安，我的孩子。"

　　格得找不到言辞表达感谢。欧吉安目送他转身回凹室休息时说："噢，我的小隼鹰，好好飞吧。"声音很轻，格得没听见。

　　欧吉安在寒冷的清晨醒来时，格得已经走了。他只用符文在炉底石上留下银色的潦草字迹，十足的巫师作风。欧吉安阅读时，字迹几乎消退："师父，我去追了。"

第八章

追

HUNTING

格得出门时，屋外还是冬季日出前的黑暗。他从锐亚白镇下山出发，不到中午，便走到弓忒港了。他身上的弓忒绑腿、上衣、皮麻合制的背心都很合身，是欧吉安送给他的，以替换欧司可岛的华服，不过，格得仍留着那件毛皮镶边的大斗篷，以应这次冬季之旅所需。于是他披着斗篷，手里只拿了一根与他同高的木杖，来到了城门。卫兵懒懒地靠着雕龙柱，不消第二眼便看出格得是个巫师，他们问也没问便移开长矛，让他通行，目送他走下街道。

他在码头与海洋公会会馆等处询问船班，想寻找向北或向西开往英拉德、安卓、欧瑞尼亚的船。大家都回复他：日回近了，目前没有船只要驶离弓忒港。会馆里，大家都告诉他，由于天气不稳定，连渔船也不打算驶出雄武双崖。

他们在会馆的配膳室招待他用晚餐。巫师鲜少需要开口请人赏餐。他与码头工人、修船工、造船工、天候师等人坐了一会儿，开心地听他们天南地北地聊侃，自然流露出弓忒岛人徐缓闲逸的交谈与咕咕哝哝的说话习惯。他内心有股强烈的愿望，想留在弓忒岛，放弃所有的巫术和冒险，忘记所有力量和恐惧，在家乡这块熟悉亲切的土地，与每个男人一样平平稳稳过日子。这是他的愿望，但他的意志却不在此。他发现没有船要出港，便没在海洋公会会馆多留，也不在城里久待。他开始沿海湾岸边步行，一直走到位于弓忒城北方的几个小村庄，问附近的一些渔民，最后终于找到一个渔夫有条船可供出海。

渔夫是个冷峻的老人，他的船长十二英尺，船外板是鳞状构造，歪斜龟裂得很厉害，看起来一点也经不起风浪，船主却索价甚高：在他的船只、他本人、他儿子身上，各施持一整年的航海平安术。因为弓忒渔民什么都不怕，连巫师也不怕，只怕海。

北群岛区重视的那种航海平安术，不曾救过弓忒人脱离暴风或暴浪，但如果由一个熟悉邻近海域、深谙造船方式，也懂航行技巧的本地人来施法，通常都能达到日常保平安的效果。格得诚信可靠地施法，花费一天一夜，稳当耐心地一步一步进行，什么也没遗漏；心里却一直怀着恐惧的压力，思绪不断溜向黑暗的小径，想象着那黑影接着会如何在他面前出现、多快出现、在哪里出现。法术施毕，他非常疲倦，当晚睡在渔夫小屋里的鲸肠吊床上，黎明起床，就染了一身干鲱鱼的气味。格得立即走到转北崖底下的小海湾，他的新船就停泊在那里。

他利用湾边平台把小船推入平静的海水，海水立刻轻涌进船里。格得像小猫般轻盈地踏进小船，赶紧整理歪斜的木板和腐烂的木桩。他像以前在下托宁与沛维瑞合作一样，同时运用工具和巫术。村民静静聚拢，在不远处观看格得的快手，倾听他柔和的念咒声。这工作他也是稳健耐心地一步步进行，直到全部完成，小船完全不漏水为止。接着，他把欧吉安为他做的手杖竖起来当桅杆，并注入法力，再横着加绑一根良木作为帆桁。从这根帆桁以下，他编织出一块四方形的法术帆，颜色白得有如弓忒山巅的白雪。妇女们见此，欣羡得惊叹出声。接着，格得站在桅杆旁，轻轻升起法术风，海面的小船于是滑行出去，越过海湾，转向雄伟双崖。默默观看的村民，亲眼看这条会进水的桨船，变成不漏水的帆船出海，轻快利落得有如矶鸥展翅，不由得欢呼起来，在海边迎着冬风又笑又跳。格得回头片刻，看到村民们在转北崖嶙峋深暗的岩块下，为他欢呼送别；崖上方是没入云端的弓忒山，山野覆盖着白雪。

格得驶船穿越海湾，航经雄武双崖岩块，进入弓忒海，开始向西北方前进，经过欧瑞尼亚的北方，照着他所来的路程回航。

这次航行没有什么计划或策略，纯粹是路程的回溯。那黑影既然从欧司可岛穿风越日追随他的鹰行路线，就可能在这条路线游荡或直行过来，谁也拿不准。但是，除非它已经完全退回梦的疆土，否则应该不会错过格得才是，这回他公开穿越开阔海，要与它交手。

要是必须与黑影交手，格得希望是在海上。他不太确定为何这么盼望，但他很怕与那东西在干硬的陆地上再度交锋。尽管海上会兴起暴风雨和海怪，却没有邪恶的力量，邪恶属于陆地。而且格得之前去过的那块幽暗岛陆，没有海，也没有河流或泉水。干硬的陆地代表死寂。虽然在天候恶劣的季节里，海洋对格得也构成危险。但他仿佛觉得，那种危险、变动和不稳定，反而是一种防卫和机会。这次若能在自己的愚行终结时遇上黑影，他或许至少可以依照它以前对他的做法，也紧抓着它不放，再用自己身体的重量、用自己死亡的重量，把它拖进深海的黑暗中，那么，它既然被掌握住，以后大概也不会再升起来了。这样，至少他在世时释放出来的邪恶，能以他的死亡作个了断。

他航行在汹涌的海面上，顶上的云层低垂吹飘，宛如覆盖一大块服丧面纱。他目前没有升起法术风，而是靠自然风航行。风由北猛烈吹来，只要他常常小声持咒，维持那张法术帆，风帆本身就会设法迎风前进。要不是运用这法术，他实在不可能让这条奇怪的小船在这汹涌的海上行驶这条路线。他继续前进，并一直敏锐察看四面八方。启程时，渔夫的妻子给了他两条面包和一罐水。行驶数小时后，他首先看见弓忒岛和欧瑞尼亚岛之间唯一的小岛，坎渤岩。格得吃了面包，喝了水，心中感激家乡那位赠予食物的沉默渔妇。航经那个看来淡远的小岛屿之后，他继续西行，海面下起毛毛细雨，如果在陆地，恐怕就成了小雪。四周寂静，只有船只轻轻的吱呀声和海浪轻拍船首的声音。没有船只擦身，也没有鸟飞过。一切静止，只有始终动荡的海水和浮云在移动。现在行驶的这条西行航线，是他变形为老鹰时飞行的同一路线，只不过当时是向东。现在他仍依稀记得那些云在他四周飘浮的情形。当时他俯瞰灰茫茫的大海，现在他仰望灰茫茫的天空。

他四面张望，前方什么也没有。他站了起来，全身僵冷，也厌倦这样凝视张望空无的四周。"出来呀，"他于是喃喃道，"出来呀，黑影，你在等什么？"没有应答，灰暗的海雾和海浪中间，没有什么更灰暗的东西在移动。但他越来越肯定，那东西离他不远，正在盲目地寻找阴冷的线索。于是，格得突然高声大叫："我在这里，我，格得，雀鹰，我召唤我的黑影！"

小船欸乃前行，浪涛窸窣轻语，海风飕飕吹掠白帆。一段时间过去了，格得依旧等着，一手放在紫杉木船桅上，两眼盯视冰冷的细雨由北打来，在海面上缓缓画着不整齐的斜线。然后，在海面上远方的雨中，他见到黑影向他而来。

　　它已经把欧司可岛桨手史基渥的身体解决了，所以不是以尸偶的形态穿风越海来追格得，也不像格得在柔克圆丘或梦中所见那样化为怪兽。可是如今它即使在光天化日之下，也有形状。它在追捕格得以及在荒野与格得争斗的过程中，已经撷取他的力量，吸入自己体内。现在格得在光天化日下召唤它，可能因而给了它或加诸它某种形态和实质。它现在确实有点像人，只不过因为它本身是影子，所以并没有影子。它就这样越过海洋，从英拉德之颔冒出来，朝弓忒岛而来，一个幽暗邪恶的东西在海浪上跟跄前进，边走边细察海风，冰冷的雨水穿透了它。

　　日光使它半盲，又因为格得呼唤它，所以格得先看见它，它才看见格得。茫茫人海与黑影中，他认得出它，它也认得出他。

　　冬季的海面上，格得立于一片骇人寂寥中，见到了他所畏惧的东西。海风好像把它吹远了些，但它底下的海浪却让格得的眼睛错乱，使他觉得它反而似乎愈来愈靠近他。格得弄不清它到底有没有移动，现在它也见到他了。尽管格得心里对它的碰触只觉得恐怖与惧怕，那碰触是股冰冷黑暗的痛苦，不断耗蚀他的生命，但他仍旧等待着。接着，格得猛然出声念咒，增强法术风，把风注入帆内，他的船于是陡地笔直跨越灰茫海浪，朝那个悬在风中，正往下沉落的黑影疾驶过去。

那黑影无声无息地摆动着，转身逃走了。

黑影朝北方逆风逃逸，格得的船也逆风跟随；黑影的速度对抗法师的技艺，飘雨的风对抗他们两个。年轻的格得对他的船、帆、风和前方巨浪一一高喊，有如猎人亲眼看着狐狸从面前逃走时，对猎物高喊一般。他对船帆施法注入的强风，足够把一般帆布做的船帆吹坏，但现在，那强风带动他的船越过海面，有如吹起一阵泡沫，越来越靠近那个逃逸的黑影。

此时，黑影转向，绕了半圈，突然显得松垮阴暗，不像人形，反倒像风中飘拂的烟。它回头顺着强风疾行，似乎是往弓忒去。

格得用手和咒语转变船向，如海豚自水面跃出并快速转圈。他跟随的速度比先前更快了，但黑影看起来却越来越模糊。夹带雨雪的冷雨刺痛了格得的背和左颊，而且他顶多只能看见前方一百码远。暴风雨增强，黑影不久便消失无踪，但格得知道它的踪迹，仿佛自己是在雪地上跟随猎物，而不是在水面上跟随窜逃的鬼魂。虽然他现在顺风，但他仍然诵念法术风注入帆内，所以，一股浪花从平钝的船首激射出，船只击浪前进。

追者与逃者僵持这种诡异疾驰的路线许久，天色很快暗了下来。格得知道，他们这么快速追逐数小时，必定已达弓忒岛南方，背对弓忒岛，向司贝维岛或托何温岛前进，甚至已经越过这些岛屿，进入开阔的陲区。他无法确知，但无所谓，他继续追捕，继续跟随，恐惧在他前方奔跑。

突然间，他看到黑影在距他不远处闪现。这时，自然风已逐渐平息，暴风雨也慢慢趋缓，转为冷冽刺骨、渐趋浓厚的迷雾。格得透过迷雾，瞥见黑影朝他右手边逃逸，他对风和帆念咒，接着转动直舵柄，向右看去。只不过，这又是一次盲目的追捕，因为迷雾正急速变浓，一遇到法术风更是浓稠弥漫，罩满船只四周，形成隐蔽光线和遮挡视野的无形白网。不过，格得一念清除咒的第一个字，就又看见黑影仍然在他右边，而且非常靠近，正缓慢移动。只见浓雾飞穿它头部那个没有脸的模糊区块，但它的外形仍然像人，只是变了形，而且像影子一样一直改变。格得再转船向，自认已经把敌人追到穷途末路，可是就在那一瞬间，它消失了！走到穷途末路的是他自己的船，因撞上沙洲岩石而触礁——是浓雾让他看不见那些岩石。他几乎被抛出船外，所幸在另一波浪潮打来之前，他抓紧了手杖桅杆。那是一波滔天巨浪，把小船抛离水面，然后重重摔落在岩石上，就像人举起蜗牛壳往地上撞碎一样。

欧吉安削制的手杖，坚固又具法力，这一摔并没摔断，只是像干圆木一样在海面上漂浮，格得紧抓着手杖，在海浪由沙洲回流，形成第二波海浪涌起时，他被冲回大海，而免于被另一股浪潮打在岩石上重伤致死。他因为咸水刺激眼睛而失去了视力，又呛了好几口水，但仍然努力把头抬高，抵抗海水的巨大拉力。他在浪头间的空隙努力浮游时，数度瞥见岩石旁边有处沙滩。他用尽全力，在巫杖力量的帮助下，拼命朝沙滩游去，却始终前进不了。波涛汹涌中，浪来潮去，他像废物一样被抛来抛去。海洋的寒冷迅速夺走他的体温，使他渐渐衰弱到再也无法拨动双臂。这一来，岩石和沙滩都看不见了，他也不晓得自己的脸朝向哪里，他的四周、上下都只有海水骚动，让他目盲，令他窒息，使他溺水。

浓雾下，一阵大浪涌来，把他一翻再翻，像浮木一样投掷到空中，掉落在沙地上。

他躺在那儿，双手仍紧握着那根紫杉手杖。较小的波浪不断打上来淹覆他的身体，想把他往下拉。浓雾散了又来，接着雨雪落下来拍打着他。

过了很久，格得才有了动静。他用两手和膝盖支撑着爬起来，慢慢往沙地高处爬，离开水边。这时已是黑夜，他对着手杖低语，一道微小的假光立刻攀附在手杖上方。利用光线为导引，他挣扎向前，一点一点爬上沙丘。格得身受重伤、疲惫衰弱、寒冷不堪，如此在风雨飕飕的湿地上攀爬，成了他这辈子最辛苦的一次经历。有一两次，他仿佛觉得，海水和风雨的轰隆声都止息了，手下的湿沙变成干尘土，并感受到奇异星辰在他背上目不转睛地凝视。但他没有抬头，只是继续爬。好一会儿，他听见自己气喘吁吁，还感觉刺骨寒风夹带着雨水打在他脸上。

爬行总算让格得恢复了些许温暖。等爬到风雨较为平缓的沙丘上时，他才勉强站起来。四周极为黑暗，他于是对手杖念咒，增强了光线，再继续倚着手杖前行。跌跌停停向内陆走了约摸半英里路，到了沙丘高点，格得听见海水的声音变大了，但声音却来自前方而不是后方。原来，从这里起，沙丘又是下坡，通向另一片海岸。看来，他登陆的不是岛屿，而是珊瑚礁，只是海洋中的一丁点沙地。

格得精疲力竭，已没有余力感到绝望，但他仍然忍不住呜咽起来，他站在那儿靠着手杖支持，良久不知所措。然后，他歪歪倒倒转向右边，至少让寒风吹在背后，再拖着身子顺沙丘走下去，打算在这冰封雪掩、海草覆盖的沙丘上找到一处洼地，暂时避避风寒。正当他举起手杖照路时，不意在假光环的外围边缘，瞥见一抹微光，一道被雨淋湿的木墙。

那是个小屋或棚子，微小松散，仿佛是由小孩搭盖而成。格得用手杖轻叩低矮的小门，却无人应门。格得推门入内，他几乎得九十度弯腰才能进去，在小屋里也没办法站直。木炭在屋内的火坑里正烧得红透，就着炭火微弱的光线，他看见一个白发长长的老人吓得倚在最远的墙边，另一个分不出是男是女的人，从地板上一大堆毯子或兽皮底下探头窥看。

"我不会伤害你们。"格得小声说。

他们没说话，格得看着其中一人，再看看另一人。他们的眼睛因恐惧而显得深暗。格得放下手杖时，毯子底下的人躲起来悲泣。格得扯下那件被雨水和冰水打得又湿又重的斗篷，再脱去其他衣物，赤裸着缩在火坑旁。"给我点东西包住身子吧。"他说道。他的声音沙哑，由于牙齿打颤，长久冰寒发抖，他几乎不会说话了。即使屋内那两人听见了，也没人回答他。他伸手从床堆抽出一条毯子，可能是羊皮吧，大概使用得很久了，上面全是破洞与污垢。床堆下那人吓得呜咽，但格得没多理会。他把身子擦干，然后小声说："你们有木柴吗？把火烧旺些。老伯，我是来求助的，无意伤害你们。"

老人没有移动，只是害怕地呆望他。

"你们听得懂我讲的话吗？你们不说赫语吗？"格得停顿一下，又问，"卡耳格语呢？"

一听到卡耳格，老人立刻点点头，像系在线上悲哀的木偶一样。但那是格得仅会的卡耳格语，所以他们也无法继续交谈。格得在一面墙边找到柴堆，就自己生了火，然后比手画脚要水喝，由于吞了海水使他非常难受，这时更是干渴如焚。老人瑟缩着，伸手指向一个装水的大贝壳，又把另一个装着烟熏鱼干的贝壳推到火旁。于是，格得在火堆旁盘腿而坐，吃喝了一点东西，等力气和知觉稍微恢复，才开始纳闷自己身在哪里。他就算依靠法术风，也不可能航行到卡耳格诸岛，所以现在这小岛一定位于陲区，在弓忒岛东边，但仍在卡瑞构岛西边。真奇怪，居然有人住在这么渺小荒寂的地方，它不过是个蕞尔沙洲罢了——这两个人说不定是被放逐的。但格得实在太疲倦，一时没有精神追究明白。

他一直把斗篷往火堆处翻转，把银白色的毛衬里先烘干，等到表层的羊毛也暖和起来，虽然还没全干，但他还是用斗篷包住身体，在火堆旁舒展躺下。"睡吧，可怜的老人家。"他对不发一言的主人说完，就枕着沙地睡了。他在那个无名小岛睡了三天。第一天早晨醒来，全身每条肌肉都酸痛，而且发烧难受。他在小屋的火坑旁，像浮木般躺了一天一夜。第二天醒来，虽然仍僵硬酸疼，但已稍微恢复，他于是穿上那些没水可洗而残留盐晶的衣物，走出小屋，在苍茫的清晨晓风中，察看一下黑影把他诱骗来的地方。

这是个夹杂岩石的沙洲，最宽约一英里，长有一英里多，四周被浅滩和岩石包围。沙洲上没有树木或树丛，除了海草之外，没有任何植物。小屋建在沙丘的一个洼处。屋中那对老人独自住在空阔大海上这个全然孤绝的所在。小屋是用漂流来的木板和树枝建造而成——其实根本是堆起来的。饮水取自小屋旁一处略咸的井水，食物是新鲜或干燥的鱼、贝和岩藻。格得原以为屋内那些破兽皮、骨针鱼钩、钓线、钻火器等都来自山羊，但其实是取自花斑海豹。这里也的确是海豹夏天来养育小海豹的地区，但是这样一个地方却没有半个人会来。老人害怕格得，不是因为他们以为格得是幽灵，也不是因为格得是巫师，只因为他是个人。他们俩早就忘记世上还有其他人。

老伯的惶恐与畏惧一直没有减轻。他每次若以为格得要靠近碰他，就会赶快溜走，然后从那头帘幕似的肮脏白发内，皱着眉盯视格得。至于老妇人，起初一见格得有动静，就会在毯子堆底下哀哼，但后来格得在幽暗的小屋里发烧昏睡时，曾见她蹲着注视他，露出不解、纳闷和关切的表情。不久老妇便主动取水给他喝，他起身要接贝壳时，她吓得把贝壳打翻了，里面的水全部洒光，于是她哭起来，还拿灰白的长发拂拭眼睛。

现在，老妇看着格得走下沙丘到海边，把冲到海边的船只厚板收集起来，利用老伯的小斧头和自己的捆缚术，重塑一条船。这既不是修船，也不是造船，因为可用的木头不够，全靠巫术弥补不足。不过，老妇倒不太观看他奇妙的工作，反而常观看他本人，观看时，眼里总流露着同样关切的神色。过了一会儿，她离去，马上又带回一样礼物：她在岩石上拾取的一大把贻贝。格得接过贻贝，就湿答答地生吃了起来，吃完还向她道谢。她似乎受到鼓励，又回到小屋里，回来时手上拿着东西，用毯子包住。她不放心地一边看着格得的脸，一边打开包裹，然后举起来让格得看。

那是一套小孩的衣服，丝绸锦缎，镶有高贵的珍珠，因盐渍和岁月而发黄。小小的上衣所镶绣的珍珠是格得认识的图形：卡耳格帝国双子白神的双箭，上面还加了个王冠。

老妇人身上穿的，是一件缝工拙劣的海豹皮衣，外表又皱又脏，她先指指那件小丝质衣裳，又指指她自己，微微笑起来，那是甜蜜天真、宛如婴儿的微笑。那套小衣裳的裙子特别缝了一个隐秘口袋，她从口袋里拿出一个小东西，交给格得。那是一小块深色的金属，可能是破掉的珠宝手镯，看起来只剩半个圆圈。格得凝神细看，老妇人比着手势叫他收下，一直比到格得真的收下才停止，并再度微笑点头。她给了他这样礼物，但那套衣裳她还是小心翼翼地包回脏毯子里，然后蹒跚走回屋内，把那可爱的东西收藏好。

格得内心充满怜悯，他把那个破环圈收进上衣口袋，动作之谨慎，差不多与老妇人的动作一样。他猜测，这两位老人可能是卡耳格帝国某王公皇族的子女，暴君或夺位者因害怕弑洒王室血统，所以把他们放逐到远离卡瑞构的无名小岛，死活由命。其中一个是男孩，当时大约八至十岁；另一个是结实的女婴，穿着那件绣珍珠的丝质衣裳。后来兄妹俩活了下来，一直在这个海上沙岩岛独居了四五十年，成了孤绝凄凉的老王子与老公主。

可是，他这个猜测是否真切，要等数年后才真相大白。到那时，厄瑞亚拜之环的寻觅之旅将带领他到卡耳格帝国领土，进入峨团古墓。

格得在岛上度过三晚，第四天的日出平静而暗淡。那天是日回，一年中白天最短的日子。他那艘集合木头与巫技、碎片与法术而构成的小船准备出航了。他曾试着告知老人，他愿意带他们去任何地方——弓忒岛、司贝维岛或托里口岛，甚至如果他们要求，尽管卡耳格海域对群岛区的人而言一点也不安全，他也愿意带他们到卡瑞构岛某个孤寂的海边，让他们上岸。但这两个老人不肯离开这个贫瘠小岛。单凭格得的手势与平和的话语，老妇似乎不明白格得的意思，老伯倒是明白，但他拒绝了。他对其他陆地和人类的记忆，全都是血腥、巨怪、哀号的孩提梦魇。看老伯一直摇头，一直摇头，格得可以明白他的心情。

于是，那天早上格得在井边把海豹皮制的水袋装满了水。由于他无法对两位老人提供的食物和暖火表达感谢，而且他想回赠老妇，身边也没有礼物，只好尽其所能，替那道不太可靠的咸泉水施咒。结果，由沙地涌出的水，变得与弓忒岛高山上的山泉一样清甜，而且永不干涸。基于此故，如今这个沙洲岩岛已见人烟，而且有了名字，水手都称之为"泉水乡"。只是，那间小屋已不复可见，而且，许多场冬季暴风雨雪落下来，也使那两位终生居住于此、老死于此的老人失去了踪影。

格得驾船驶离小岛南端沙滩时，两位老人躲在小屋里，好像怕看见他走。那天早上，海风平稳地由北吹来，格得让这自然风注满巫术帆，飞快地驶越海洋。

说起来，格得这趟海洋寻踪实在是件怪事。因为他自己也清楚：他不但是对追捕对象一无所知的追捕人，也不晓得那猎物会在茫茫地海的什么地方。他只能凭猜测、凭直觉、凭运气去追捕，甚至效法它追捕他的方法。他们彼此看不透对方的存在。就像黑影对"天光和实体"感到迷惑，格得对无形的黑影也感到迷惑。他唯一确定的是：他现在真的是追捕者，而不是被追捕的对象了。因为那黑影把他诱引到沙洲之后，他先是半死不活躺在沙滩上，接着又跌跌撞撞在黑暗中独行沙丘，黑影大可以将他擒个正着，但黑影却没有利用这个大好机会，而是把他骗到沙洲后就立刻逃走，到现在都不敢面对他。由此可知，欧吉安想得对，只要格得反身抵抗黑影，黑影就没办法依赖他的力量。所以，他必须一直抵抗，一直追赶，尽管黑影的行迹跨越这些广袤的大洋，尽管他毫无指引，只是运气好，碰上了这阵向南吹的自然风，内心也只有模糊的猜测或想法：南方或东方才是正确的追捕方向。

就在夜幕低垂之前，他模模糊糊看见左边远方有一大块陆地的海岸线，那里想必是卡瑞构岛。他已经行驶到那些野蛮白人的航道了，所以他仔细观察四周，看看有没有卡耳格帝国的长船或帆桨两用舰。他在霞光满天的暮色中行驶时，不由忆起了童年时在十杨村的那个早上，想起了手持羽饰枪矛的战士、火焰、浓雾等等。一边想着那天的情形时，心头一阵不安之余，格得霎时领悟了：这个黑影当时怎么利用他的愚蠢，反过来愚弄他，似乎由他个人的过去中，在海面上引发浓雾来包围他，使他看不见危险而将他愚弄至死域。

他继续保持东南方向行驶，夜色笼罩世界的东边，所以，刚才遥见的那片陆地已然沉落不见。这时，海上的浪花已全变成黑色，但浪头由于反映西天红霞，还明显可见。格得大声吟唱《冬日颂》及《少王行谊》等诗篇，因为这些歌谣都是在日回节时唱颂的。他的声音清亮，但一融入海洋广大的沉寂，就一无所剩。夜色和冬星很快就降临了。

一年最漫长的这个夜晚，他一直醒着观看星星由左边升起，慢慢划过长天，然后落入东边黑压压的海面。在这伸手不见五指的幽暗海上，冬风倒是一直带他向南行驶。他在警觉中，只能偶尔眯一下眼睛。其实，他行驶的根本不是船，一半以上是由咒语和巫术构成，其余只是厚板子和浮木，只要他松了塑形术和捆缚术，这些木头木板不久就会解散漂走，成为海上的零星残骸。同样，要是他睡着，那么，用巫术和空气编织而成的船帆，将无法长时间抵挡海风，而变成气体飘走。格得的法术虽然强大有效，但碰到这种使用小法术的情况，保持持续运作的力量反而必须不断更新。因此，格得一整夜都没睡。他不肯变成隼鹰或海豚，以求轻松和快速，因为欧吉安建议他不要变换身形，而他深知欧吉安建议的价值。所以，现在他在西行的星辰夜空下，朝南行驶。长夜漫漫，好不容易才挨到新年第一天照亮了整片大海。

太阳升起不久，他便见到前方有块陆地，不过，他没有急着驶向它。自然风已随破晓而减弱，所以，他升起轻轻的法术风注入帆内，以便驶向那块陆地。其实，一瞥见陆地，恐惧便再度进入心中，一股沉重的畏惧感驱迫格得转身逃走。然而，他像猎人跟随踪迹一样跟随那股恐惧，一如追捕者跟随大熊又宽又钝的爪痕，那头随时可能由丛林中扑向他的熊。因为格得现在很靠近了，他很清楚。

格得愈来愈靠近，觉得这块突出海平面的陆地，看起来很怪异。由远处观看，是一整片山墙，靠近才知山墙细分成几道长形的陡脊，或者说分成几座小岛，海水在小岛与小岛之间的狭窄峡湾和海峡流动。以前在柔克学院名字师父的孤立塔里，格得曾详细研究许多地图，但大都是群岛区和内海地带的地图。现在他航行到了东陲，所以不晓得面前这岛屿可能是什么岛。不过，他没有多想，因为横在他面前的，其实是恐惧，潜伏在岛中那些陡脊和森林之间，躲着他或等着他。所以格得朝它直驶。

被黑森林覆盖的悬崖这时幽幽耸立在他的船只上方。法术风把他推经两块海岬，进入一道峡湾时，海浪打击岩石岬角喷起的水雾溅洒上了他的帆，在他面前有条宽度不超过两艘帆桨两用船的水道，延伸进入岛内。受到局限的海水，在陡峻的海岸边不住翻腾。因为悬崖壁都直削入海，这里看不见半个海滩，附近海水也因高崖反射，显得特别漆黑。此地无风，十分安静。

黑影曾把格得骗到欧司可岛的荒野，把他骗到砂岩地，现在会是第三次诱骗吗？是格得把黑影赶到这里，还是黑影把格得赶到这里，让他掉入陷阱？他不知道答案，只晓得恐怖正在折磨他，也确信他必须继续向前，完成这次出航的目的：追到那个邪恶的东西，追随内心那股恐惧的源头。他小心行驶，仔细看着前后、上下与左右两旁的崖壁。他已经把新年头一天的阳光留在身后的开阔海上，这里放眼一片黑暗，他回头一瞥，海岬的开口远远望去，就像是个明亮的入门。他越接近悬崖的山脉基部，崖壁就越高，水道就越窄。他窥看前方深黑的岩裂，还有左右向上直起的大片陡壁，壁面有岩穴凹点与巨砾突起，盘踞的老树树根半露在外。周遭一无动静。此时，他已到达内岛的尽头，那是一块多纹的素面巨岩，而水道已窄到有如一条小溪，仅余的海浪在那里有气无力地拍击。滚落的巨岩、腐烂的树干、盘根错节的树根等集聚之余，只剩下一条窄水道可供驶船。陷阱，一个黑暗的陷阱就在寂静的山麓处，他正在陷阱中。前方与上方皆无动静，一切死寂，他无法再前进了。

格得运用法术和临时凑合的桨，小心替船只转个身，避免碰到水底的岩石，或被突出的树根和树枝缠住，一直转到船重新面朝外为止。就在他预备升风，以便循原路出峡湾时，法术咒语突然冻结在他舌上，他的心与整个人都为之一凉。回头一看，黑影就在船上，站在他背后！

当时要是闪失一刻，他就永远消失了。幸好他早有准备，伸手一捉，捉住了那个在他手臂可及之处摇晃抖动的东西。在对付那个死物的节骨眼上，所有的巫术都无用武之地，只能靠自己的血肉之躯和生命。格得没有念咒，只是徒手出击。船只因这突如其来的转身和挥手，猛烈弹跳，一股疼痛由两臂传至胸部，使他一时无法呼吸，冰冷的寒意充满全身，他看不见了，捉拿黑影的两手里，除了黑暗和空气，什么也没有。

他往前一个踉跄，连忙抓住船桅稳住自己。但也因这一踉跄和抓稳船桅，光线重回两眼，他看见那黑影战栗着闪避他，同时缩小。其后又在他头顶上方扩大，倏忽笼罩住船帆，接着便如乘风的黑烟，无形无状地退后，先飘到水面上，再朝两面悬崖间的明亮出入口逃逸。

格得跪倒，那艘以法术补绽的小船再次弹跳，晃到最后才平稳下来，在起伏的海浪中漂动。格得伏在船内，身躯僵麻，大脑空白，只是拼命吸气。直到冰冷的海水涌到他两手底下，他才警觉应该照应一下船，因为维系它的法术正渐渐减弱。他站起来，扶住作为船桅的巫杖，重新尽力编织捆缚咒。他又冷又累，双手双臂都酸疼不堪，而且体内已经没有力量了。他真希望能够在这个海洋与山脉相会休止的黑暗地，睡在不停摇晃的水上。

他弄不清这疲乏是黑影逃逸时施加给他的巫术，还是与它碰触时的冷冽，或是纯粹因饥饿、睡眠不足、耗损力量所致。但他挣扎着对付这疲乏，强迫自己为船帆升起微小的法术风，循着黑影刚才逃逸的幽黑水道驶出。

所有恐惧都消失了，所有喜悦也都消失了，从此不再有追逐。现在，他既不是被追的人，也不是追捕者。因为这第三次，他们已经交手并接触：他左右自己的意志转身面对它，试图以活生生的两手抓住它。虽没有抓牢，却反而在彼此间锻铸出一种牢不可破的联结和环节。其实，没有必要去追捕搜寻那东西，它飞逃也徒劳无功。他们双方都逃不了彼此。终究必须交锋的时间、地点一到，他们就会相遇。

可是，在彼时、彼地到来之前，无论日夜，不管海陆，格得都不能平静安心。他现在明白，这番道理很难懂，但他的任务绝不是去抹除他做过的事，而是去完成他起头的事。

他由深黑悬崖间驶出，海上正是开阔明亮的早晨，和风由北方吹来。

他喝了海豹皮水袋里剩下的水，绕过西端海岬，进入这小岛和西边邻岛之间的宽阔海峡。他回想心中的东陲海图，晓得这地方是"手岛"，是一对孤单的岛屿，五指状的山脉向北伸向卡耳格帝国诸岛。他航行在两岛之间。下午，暴风雨的黑云由北方遮掩过来时，他在西岛的南岸登陆。他早看到那海滩上方有个小村庄，并有一条溪河曲折入海。他不太在意上了岸会碰上什么样的欢迎，只要有水、温暖的火，可以睡觉，就行了。

村民都是羞怯的乡下人，看见巫杖就产生敬畏，看见陌生脸孔就谨慎警觉。不过，对一个在暴风雨将至时独自从海上来的人，倒远不失款待。他们给他很多肉和饮料，还有火光的舒适，用和他同样讲赫语的人类之声来抚慰他，最后，最棒的就是给他热水，洗去海洋的寒冷和盐分；还有一张让他安睡的床。

第九章

易飞墟

IFFISH

格得在西手岛的小村度过三天，恢复了元气，也备妥了一艘船。这艘船不是用法术和海上的漂流木建造，而是用坚固的木材牢牢钉成，缝隙处再填上麻絮、浇灌沥青，还有坚实的桅杆和船帆，这样，他才可以轻松驭帆，需要睡眠时也可以安睡。这艘船与北方和陲区的多数船只一样，船身也是鳞状结构，用云木板一块叠一块钉牢，这样的强度才足以航行外海。船的每个部分都很精细牢靠，格得将咒语深深地编织进木板，让其强化，因为他心想自己可能会乘这艘船远航。船主表示，当初建这艘船时，是打算让两到三个男人搭乘，造好以后，船主和他兄弟都曾驾着它历经外海和恶劣天候的考验，它也都能英勇度过。

　　老船主与精明的弓忒岛渔民不同，他基于对巫术的敬畏和叹服，居然把这艘船送给格得。但格得以术士之道回报他这项馈赠，把他近乎失明的白内障治好了。老人欢喜地告诉格得：
"我们当初替这艘船取的名字是'三趾鸥'，你要不要改叫她
'瞻远'？在船首两侧画上眼睛，那么，我的感激就会透过那双
眼睛，为你留意海面下的岩石和暗礁。因为在你让我重见光明以
前，我都忘了这世界有多明亮。"

村子位于手岛陡峭的森林下方。格得恢复气力后，还做了别
的工作。这里的村民简直就是他童年熟知的面北谷村民的翻版，
甚至更穷困些。格得与这些村民相处，觉得很自在，那是在豪华
宫殿里绝对感受不到的。而且村民的辛酸需求，用不着表示，格
得也了解。所以，那几天，他忙着为瘸腿或染病的孩童施展治疗
术，为村里骨瘦如柴的羊群施增产术；替纺锤和织布机设定西姆
符；也替村民拿来的桨、铜具和石具等附上符文，让这些工具都
能顺利运作；再在村舍的屋顶书写庇耳符，保护房舍和居民免于
火灾、风灾和狂疾。

等他的船"瞻远"备好，满载淡水和干鱼后，他在村里又多
待一天，教导年轻的诵唱人《莫瑞德行谊》与《黑弗诺之歌》。
很少有群岛区的船只老远来到手岛，所以即使是百年历史的老歌
谣，村民也没听过，因此他们都巴望着聆听英雄故事。要不是格
得有任务在身，他倒乐于逗留一周或一个月，把他知道的都吟唱
给他们听，好让新岛屿的居民认识那些雄伟的歌谣。但格得任务

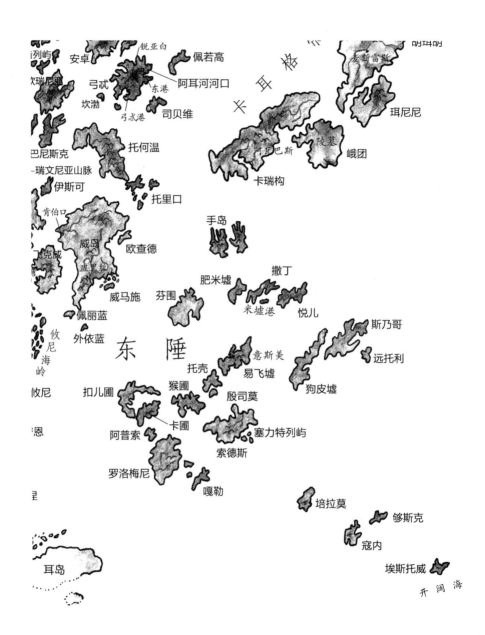

安卓　锐亚白　佩若高

欧瑞尼亚　弓弐　东港　阿耳河河口

坎渤　弓忒港　司贝维

巴尼斯克　托何温

瑞文尼亚山脉

伊斯可　托里口

肯伯口

克威　威岛　欧查德

虚里纽

威马施　芬围　肥米墟　撒丁

佩丽蓝　米墟港　悦儿

攸尼海岭　外依蓝

东　陸

攸尼　意斯美　斯乃哥

托壳　易飞墟　远托利

恩　扣儿圊　猴圊　殷司莫　狗皮墟

阿普索　卡圊　塞力特列屿

罗洛梅尼　索德斯

釒　嘎勒

耳岛　培拉莫　够斯克

寇内

埃斯托威

开阔海

米耳格

庚斯雷斯　明玛明

珥尼尼

阿耳巴斯　陵墓　峨团

卡瑞构

手岛

未了，所以第二天他便升起了帆，越过陲区的广大海洋，向南直航——因为黑影正是朝南逃逸。他用不着施展寻查术就知道了，他有十足的把握，就像有条绳子把他和黑影绑在一块儿，无论两者之间如何海陆远隔，都不是问题。所以，对于该去的路途，他没有什么期望，只是笃定而从容地前往。冬风送他南行。

他在孤绝的海上航行了一日一夜，第二天来到一座小岛，岛民告诉他当地叫"肥米墟"。小港口的民众疑神疑鬼地注视格得，不久，岛上的术士就赶来了。那位术士先把格得仔细打量完毕才鞠躬示意，说话的声音显得既端架子又巴结："巫师大人！原谅我的鲁莽，您航程需要什么食品、饮料、帆布、绳子等等，容我们有此荣幸提供给您。小女此刻正提了一对刚烤好的母鸡到您船上。不过在下认为，倘若方便，您尽快启程继续航行比较明智，因为这些村民有点惊慌：没多久前，也就是前天，有村民看见一个人徒步由北而南，横越我们这个穷乡僻壤，却不见他搭什么船来，也不见他搭什么船走，而且他好像没有影子。那些看过他的村民都跟我说，那人的外貌和您有几分相似。"

听完这番话，格得鞠躬为礼之后，立刻转身，头也不回地走到肥米墟的码头启航出海。

惊吓这些岛民或与那位术士为敌都没有好处，他宁可再睡在海上，好好想想那位术士刚才告诉他的消息，因为那消息实在让他大惑不解。

这天结束了。那一整夜，海上细雨飘飞，黎明来时仍是一片灰暗。和缓的北风照旧推送"瞻远"前行。正午过后，雨雾消散，太阳时隐时现。当天稍晚，格得在他航线的斜对角，看见一大块陆地，陆地上的青色矮丘，在若隐若现的冬阳下耀眼生辉。矮丘上星散几个小镇，小镇石板瓦屋顶上方的烟囱，炊烟袅袅，苍茫大海中看到此景，实在叫人欣喜。

格得跟一列捕鱼船队进入港口，在金色的冬暮时分爬上小镇街道，找到一家叫"赫瑞蜥"的客栈，客栈的火光、麦酒、烤羊排温暖了他的身体和灵魂。客栈的小桌旁有几位旅人和东陲商人，其他多为本地镇民。这些镇民为了好酒、新闻、闲聊而来到店里。

他们不像手岛渔人，手岛人是朴拙羞怯的村民野夫，这里的镇民则是地道的城镇人，机敏而沉着。他们当然看得出格得是巫师，却完全略过不提。只有健谈的客栈主人在言谈之间提到"意斯美"这小镇很幸运，与岛上其他几个小镇共有一位杰出巫师，那位无价至宝的巫师是在柔克学院受训的，他由大法师亲自授予巫杖，目前虽然出了镇，但他就住在意斯美的老家，所以，这个小镇不需要其他巫术大师。"常言道，'一个城镇两根巫杖，必定对打以终。'不是吗，阁下？"客栈主人说着，快活地微笑。格得从客栈主人的话里听出来了，一个借巫术讨生活的游走巫师，在这里不受欢迎。就这样，他在肥米墟遭到一次不客气的驱赶，在意斯美这里则受到委婉的拒绝；他不由得纳闷以前耳闻东陲人的种种善行。这岛是易飞墟岛，他朋友维奇的出生地，但此地似乎不像维奇说的那么好客。

不过，这里的这些面孔其实已经够友善了；只是，格得清楚知道的真相，这些岛民也感受到了：他与这些人相隔相离，背负着命定的劫数，追随一个黑暗的东西。他宛如一股冷风，拂过灯火照明的房间，也仿佛一只黑鸟，随着暴风雨从异地漂流至此。所以，他愈早带着乖舛的命运离开，对这些镇民就愈好。

格得对客栈主人说："我有个追寻任务在身，所以只会在这里待一两晚。"他的语调苍凉。客栈主人瞥了一眼角落的紫杉大手杖，一时没表示什么，只在格得杯里注满褐色麦汁，一直到流溢出来。

格得明白，他在意斯美最多只能待一晚。这里不欢迎他，别处也是；他必须前往他注定该去的地方，但他厌倦寒冷空虚的大海与无人对谈的寂静。他告诉自己，在意斯美只逗留一天，天明即走。

他很晚才睡，醒来时，天空正飘着细雪。他闲步穿越镇上小径，观着镇民忙着自己的事。他看见孩童裹着毛制披肩，在雪堡旁堆着雪人玩。他听见对街人家开着门闲话家常，看见铜匠做工，一个小孩红着脸，在熔炉边猛力替鼓风炉套筒灌气。白天短，天色暗得快，街上人家的窗户已透出黄红色微弱灯光，他看到屋内的妇人在织布机边忙着，有时转头对孩子和丈夫微笑或讲话。格得从外面独自远观这一切景象，内心十分沉重，只是他不肯承认自己在悲伤。夜幕低垂时，他还在街上闲逛，不愿回客栈。这时，他听见一男一女从上坡街道走下来，经过他身边时，开心地交谈，并朝向镇上广场走去。格得连忙转身，因为他认得那男子的声音。

他由后面追赶这对男女，走到两人旁边时，朦胧的夜色中只有远处的灯笼微微照亮着。

女孩后退一步，男子注视着他，举起随身携带的木杖横在两人之间，防备威胁或抵挡恶行。这动作几乎使格得无法忍受，他略微颤抖地说：“维奇，我以为你会认得我。”

听了这话之后，维奇仍然迟疑了片刻。

“我当然认得你，”他说着，放下手杖，拉住格得的手，并展臂拥抱格得，“我当然认得你！欢迎你，我的朋友，欢迎！我真是失礼，把你当成背后冒出来的幽魂似的。其实我一直在等你来，也在找你……”

“这么说，你就是他们吹嘘的意斯美巫师喽？我还在想……”

“噢，对啊，我是他们的巫师。不过，我来告诉你为什么刚

202

才我不认得你。也许是我太盼望你的缘故。三天前……三天前你就在易飞墟了吗？"

"我昨天来的。"

"三天前，我在山上一个叫括尔村的街道上看到你。也就是说，我看到你的表象，一个假扮你的人，或者可能只是长得像你的人。他走在我前面，正要出城。我看见他时，他连忙急转弯。我叫他，他没回答。我赶到转弯处，结果人却不见了，连个足迹也没有，但当时地面是结冰的，这实在是怪事。刚才又看你从阴影中冒出来，我以为我又被骗了。对不起，格得。"他小声叫格得的真名，这样，站在他后面不远处等他的女孩才不会听见。

格得也小声叫他朋友的真名，说："没关系，艾司特洛。但这次真的是我，我好高兴见到你……"

维奇可能也听出，格得的声音不只有高兴而已。他还没有放开格得的肩膀，这时他更用真言说："格得，你从苦难和黑暗中来，但我真欢喜你到来。"说完，他改用带着陲区口音的赫语说："来吧，跟我们一起回家，我们正要回家呢。天黑了，也该回家了！这是我妹妹，我们家最小的孩子，你也看得出来，她比我好看多了，但论聪明可就逊色啰。她名叫雅柔。雅柔，这是雀鹰，我们学院中最出色的一位，也是我的朋友。"

"巫师大人。"女孩欢迎他，除了端庄地行躬身礼之外，还同东陲妇女一样，用两手遮住双眼，表示尊敬。女孩不遮眼时，眼睛明亮、羞怯而好奇。她大约十四岁，与哥哥一样肤色深，但十分轻巧苗条；衣袖上还攀附了一只有翼有爪的小龙，大小比她的手还短。

三人一同走下昏暗的街道，格得说道："在弓忒岛，大家都说弓忒妇女生性勇敢，但我还没见过哪个少女会戴着龙当手镯。"

雅柔一听笑了起来，率直回答说："这只是一只'赫瑞蜥'而已。你们弓忒岛没有赫瑞蜥吗？"说完，觉得不好意思，又用手遮了一下眼睛。

"没有。我们也没有龙。这动物不是龙吗？"

"算是小型的龙，住在橡树上，吃黄蜂、小虫和麻雀蛋，大小就像现在这样，不会再长大了。对了，先生，我哥哥常对我提起你驯养的宠物，野生的瓯塔客——你还养着吗？"

"没有，没在养了。"

维奇转头看格得，仿佛带着疑问，但他忍住没问，直到只剩他们朋友两人单独坐在维奇家的石造火坑旁时，才又问起。

维奇虽然是易飞墟全岛的首席巫师，却定居在他出生的小镇意斯美，与小弟、妹妹同住。他父亲生前是颇富资产的海上贸易商，所以住家宽阔，屋橼坚固，屋内几个凹架和柜子中，摆设不少朴素的陶器、细致织品、青铜器和黄铜器。主厅的一角搁着一座高大的道恩竖琴，另一角摆放雅柔的挂毡织机，高高的织机骨架镶嵌象牙。尽管维奇朴实沉静，却既是颇有权威的巫师，又是一家之主。跟着这房子顺顺利利过日子的是两个老仆人、一个活泼的弟弟，还有雅柔。如小鱼般敏捷安静的雅柔为这两个老友送餐上菜，并与他们一同进食，听他们谈话，饭毕才溜回自己的房间。这个家里，一切秩序井然、安宁稳足，格得坐在火坑边环顾全室，说道："人就应该这样过活。"说完叹了口气。

"嗯，这是一种不错的方式。"维奇说，"不过还有别的方式。好了，兄弟，可以的话，告诉我，自从我们两年前话别后，你经历了些什么，也告诉我你这次旅行的目的，因为我看得出来，你不会在我们这里待很久。"

格得一五一十告诉维奇，讲完后，维奇沉思良久，才说："格得，我跟你一起去。"

"不成。"

"我愿意跟你去。"

"不成，艾司特洛，这既不是你的任务，也不是你引起的灾祸，我自己走入这条歧途，我就要自己走完。我不希望任何人因此受苦，尤其是你，艾司特洛。因为当年，打一开始你就拦着不让我碰触这种恶行……"

"以前，骄傲就是你头脑的主宰，"他朋友微笑说着，宛如正谈着一件对彼此都微不足道的事，"可是现在你想想看：这是你的追寻之旅没错，但如果追寻失败，难道就没有别人能向群岛居民提出警告了吗？因为那黑影到时候必定会成为一股令人害怕的力量。还有，如果你击败那东西，难道也没有别人可以在群岛区把这个故事说出来，让大家都知道这种行谊，并加以歌颂吗？我晓得我帮不上你什么忙，但我还是认为我应该跟你去。"

格得无法拒绝朋友的真诚，但仍说："我今天不应该待在这里。我明明晓得，却还是留下了。"

"兄弟，巫师们的相遇从来不是巧合，"维奇说，"毕竟，你刚才也说了，你这趟旅程一开始，我就跟你并肩参与了，所以，由我来跟随你到尽头也对。"维奇在火中加了一块新木，两人坐着凝视了火焰一会儿。

"自从柔克圆丘那一晚之后，我就没听谁谈起一个人的消息了，我也无心向学院打听——我是指贾斯珀。"

"他一直没有获得巫杖。同年夏天，他离开柔克学院，到偶岛的偶托克尼镇担任岛主的御用术士。后来的情况，我就不清楚了。"

两人又陷入沉默。他们凝望火光，享受双腿和脸颊上的温暖，特别是在这个严寒的夜晚。他们坐在火坑的宽顶盖上，两脚几乎放在炭火中。

格得终于低声发话："艾司特洛，我担心一件事。如果我走的时候，你跟我走，我会更担心。在手岛，就在海峡的尽头，我转身见到那黑影就在我伸手可及的距离，我伸手去抓，想办法要抓到，但是我什么都抓不住。我没办法打败它。它逃，我追。这情况可能会一而再、再而三地发生，我实在没有凌驾它的力量。恐怕，追寻到末了，没有死亡也没有胜利，无可歌颂，了无完结。我可能还必须终生跨海越洋，跋山涉水，投入一个没有结局的徒劳冒险，一段追寻黑影的历程。"

　　"胡说！"维奇说着，边挥动左手，那是把提及的霉运拨走的手势。满心忧虑的格得，看了不由得露齿一笑，因为那只是小孩子避邪的动作，而非巫师的法术。维奇一向如村民般天真，但他也聪明机灵，常能直指核心。现在他就说了："那种糟糕的想法，我相信是不正确的。我反而觉得，既然我见到了开头，就可能看到结局。你一定有办法认识它的天性、存在、本质，而后据以掌握、捆绑、消灭；不过'它的本质'是个难题……但我担心的是另外一点：我不了解它。就他们在肥米墟，以及我在易飞墟看到的来判断，那个黑影现在好像是借你的外形走动——或至少是个酷似你的外形。但不知它究竟是怎么办到、为什么会这样做、何以它在群岛区就绝对不会这样。"

　　"人家说'规则逢陲区即变'。"

"唉，这句俗话倒一点也不假。我在柔克学院所学的一些正统法术，在这里，有些不是无效，就是会扭曲，也有些本地的法术，我不曾在柔克学院学到。每块陆地都有它自己的力量，比较高超的力量由内陆发动，比较普通的力量就得去猜测它有哪些统辖的力量。不过，我认为黑影的变形不仅仅是这个缘故。"

"我同意。我想，我决定不再闪躲、反身过来面对它时，必定是我转身对付它的意志，给了它外形和体态，尽管也正是这个举动让它没办法取走我力量。我所有的行动都在它里面产生回响，它是我的产物。"

"它在欧司可岛叫你的名字，就这样冻结你的巫术，让你不能用巫术对抗它。那它在手岛为什么不如法炮制？"

"我也不知道。可能只有从我的虚弱里，它才能吸取力气说话。它几乎是用我的舌头说话——不然，它怎么会知道我的名字？它怎么会知道我的名字？自从离开弓忒岛，航行越过这些海洋时，我就一直绞尽脑汁思考这问题，却想不出所以然。或许，在它自身的形状或无形之下，它根本就无法开口说话，只能像尸偶一样借舌说话吧。我不晓得。"

"那你得留神它再用尸偶的外形来和你碰头。"

"我想，"格得感觉仿佛寒意袭心，两手伸向红炭火，答道，"我想不会再发生那种情况了。现在，它受我限制，就像我受它限制一样。它没办法摆脱我，自行去捕捉其他人，再像对史基渥一样，把那人的意志和存在都掏空。但是如果我又软弱下来，试图逃避，就会打破我们互相牵制的关系，它就会占有我了。问题是，上回我用尽力气去抓它，它却化为烟雾，从我手边逃开……所以它会如法炮制，只不过，它没办法真的逃走，因为我一定可以找到它。我现在已经被这卑劣残酷的东西困缚住了，永远困住了——除非我能得知那个驾驭它的字：它的名字。"

他朋友沉思问道："黑暗界的东西有名字吗？"

"耿瑟大法师说没有，我师父欧吉安说有。"

"'法师的争论永无止境。'"维奇引用这句话时，露出些许严峻的微笑。

"在欧司可岛服效太古之力的女士发誓，那块太古石会告诉我黑影的名字，我不太相信她的话。有一只龙也提议要告诉我黑影的名字，用来交换它自己的名字，以便摆脱我。我想过，龙族可能有智慧，虽然这一点法师也各执一词。"

"龙有智慧，但不怀好意。不过，这是什么龙？你还没告诉我，自从上次别后你曾经跟龙谈过话的事。"

那天，他们聊得很晚，但总会回到同一件苦恼的事上：格得的前方究竟有什么。尽管这样，相聚的欢喜仍凌驾一切，因为他们之间的友谊坚定不移，不会受时间或机运动摇。次日，格得在朋友家的屋顶下醒来，睡意未消之时，他感到幸福，有如身在一个完全摒除邪恶与伤害的地方。那一整天，这些许梦幻般的宁谧附着在他思想里，他不把它当成好兆头，而是当成礼物收下。他好像就是认为，离开这房子，便是离开他最后的避难所；那么，只要这短暂的梦境持续，他在梦境中就会幸福。

离开易飞墟之前，维奇还有要事待办，便偕同他的少年术士学徒前往岛上另一个村庄。格得与雅柔、雅柔的哥哥穆尔一同留在家中。穆尔的年龄介于雅柔与维奇之间，但好像比孩子大不了多少。他没有法师的天赋和磨难，至今不曾去过易飞墟、托壳、猴圃以外的地方，生活过得无忧无虑。格得以惊奇和些许的嫉妒看着穆尔——穆尔也是这么看格得。他们在彼此眼中，似乎都是非常奇怪的人，如此不同，却又与自己同龄，都是十九岁。令格得讶异的是，一个活了十九岁的人怎么可能那么一无挂虑。穆尔那张俊秀快活的面孔让格得羡慕之余，也让他感到自己实在清瘦严厉，但他猜也猜不到，穆尔连格得脸上的疤痕都嫉妒呢。不但这样，他甚至认为那伤疤是龙爪的抓痕，是如假包换的符文，也是英雄的记号。

这两个年轻人互相感到有些羞怯。但雅柔很快就扫除对格得的敬畏了，因为她在自己家里，又是女主人。格得对雅柔和颜悦色，雅柔便接连问他许多问题，因为她说维奇什么事也不告诉她。那两天内，她还忙于制作小麦饼干，好让两个要出门的人带着。她还打包鱼干、肉干与其他各种食粮，放在船上，一直到格得喊停为止，因为他没打算一路直航到偕勒多。

"偕勒多在哪里？"

"在西陲区很远的地方。在那里，龙和老鼠一样平常。"

"那最好还是留在东陲，我们的龙与老鼠一样小。喏，这些是让你带去的肉，你确定这样够吗？有件事我不明白：你和我哥哥都是高强的巫师，你们挥挥手、念念咒，事情就成了。既然如此，怎么会肚子饿呢？到了海上，用餐时间一到，为什么不喊'肉饼'，肉饼就出现了，你就吃肉饼呢？"

"唔，我们也可以这样，但就像人家说的，我们都不太愿意食自己的言。'肉饼'毕竟只是咒语……我们可以让肉饼芬芳美味，甚至饱实，但那依旧只是咒语，会欺骗肚子，无法给饥饿的人力气。"

"这么说来，巫师都不是厨子喽。"穆尔说道，他正坐在格得对面的炉灶边，雕刻一个良木盖子。他是一名木工，只不过对此不太热衷。

"厨子也不是巫师哪。"雅柔正跪着查看炉灶砖上的最后一批饼干是否变成褐色，"可是，雀鹰，我还是不懂。我见过我哥哥，甚至他学徒，他们只消念出一个字，就可以在黑暗的地方制造光亮，而且那闪耀的光蛮亮的，依我看，那不是字，而是用来照路的光啊。"

"唉，"格得回答，"光就是一种力量，是我们赖以生存的巨大力量，不靠我们的需要而独立存在。日光与星光就是时间，时间就是光。生命就在日光和岁月中。在黑暗的地方，生命或许会呼唤光明，呼叫它的名字。但是，通常你看巫师喊名呼唤某样东西，某样物体就会出现的情况，与呼唤光是不一样的。因为他不是呼唤大于自己力量的东西，而且出现的东西也只是幻象。召唤一个根本不存在的东西，借由讲出真名来呼唤它，那是高超的巫术，不可以随意使用。不能只因为饥饿就使用。雅柔，你那只小龙偷了一块饼干。"

雅柔很用心听格得说话，只顾注视着他，所以没看见赫瑞蜥从原本温暖的栖息地壶嘴上，迅速爬经炉子，抓了一块比它自己还大的麦饼。雅柔把这只长满鳞片的小动物抓下来放在膝上，掰饼干碎片喂它，一边沉思格得刚才告诉她的话。

"这样说来，你们不会去召唤真正的肉饼，以免扰乱了我哥哥常提到的——我忘了那个名称……"

"'一体至衡'。"因为雅柔非常认真，所以格得谨慎回答。

"对。不过，你的船触礁时，你驾驶离开那地方的船，大部分是咒语构成的，可是却不渗水，那是幻象吗？"

"嗯，一部分是幻象。当时，我看到海水从船上那些大洞流到船里，觉得很不安，所以是基于船的外貌而进行修补。但船只的力量不是幻象，也不是召唤术，而是另一种技艺，叫作捆缚咒。木板因此连系成为一个整体，一个完整的东西，一条船。船不就是不渗水的东西吗？"

"但我曾经替渗水的船汲过水。"穆尔说。

"哦，我的船也会渗水，除非我时时留意咒语。"格得由角落座位弯下腰，从炉砖上拿了一块饼干，放在手中把玩起来，"我也偷了一块饼干。"

"那你就烧到手指了。等你在远离岛屿的苍茫大海，肚子饿了的时候，就会想起这块饼干，说：'啊，要是我没偷那块饼干，现在就可以吃了，唉！'我就偷吃我哥哥那份好了，这样他才能跟你一同挨饿……"

"这样，'一体至衡'就保持住了。"格得说道。当时雅柔拿了一块热乎乎的半熟饼干啃着，一听到这句话，就咯咯笑地噎着了。但不久她又显出严肃的表情，说："真希望我能够透彻了解你告诉我的道理，我太笨了。"

"小妹妹，"格得说，"是我没有解说的技巧，要是我们有多一点的时间……。"

"我们会有更多时间的，"雅柔说，"等我哥哥回来，你也跟他一起回来，至少待一阵子，好吗？"

"可以就好了。"他温和地回答。

沉默了半晌，雅柔看着赫瑞蜥爬回栖所，问道："如果这不是什么秘密的话，再告诉我一件事就好：除了光以外，还有什么巨大的力量吗？"

"那倒不是什么秘密。我认为，所有力量的起源与终结都同一。岁月与距离，星辰与烛光，水与风与巫术，人类的技艺与树根的智慧，这些都是一同产生的。我的名字、你的名字、太阳的真名、泉水、尚未出世的孩子，全都是一个源远流长的单字里的音节，借着闪烁的星光，十分缓慢地讲出来。没有其他力量，也没有其他名字。"

穆尔握着木雕刀，问道："那死亡呢？"

女孩听着，乌亮的头垂了下去。

"要说一个字，"格得慢慢回答，"必须先有寂静。说之前和之后都要有寂静。"说完，他突然站起来，边说道："我实在没有权利谈这些事。原本要让我说的字，我偏偏说错。所以，我最好保持安静，以后不会再说了。或许，只有黑暗才是真正的力量。"

他离开炉边及温暖的厨房，取了斗篷，独自外出，踏进飘着冬日细雨的街道。

"他受了诅咒。"穆尔说着，颇具畏惧地目送格得离开。

"我猜想，这趟航行引导他走向死亡，"女孩说，"他虽然害怕，却还是继续走下去。"她抬头，仿佛在炉火的红色火焰中望见一条船，孤独地在冬天横越大海，驶入空茫的水域。说完，她双眼盈满泪水，但未发一语。

维奇次日返家。他已向意斯美的权贵告假完毕，那些权贵当然百般不愿让他在隆冬冒着生命危险，出海进行一趟无关乎己的追寻。但他们虽然可以责备维奇，却丝毫无法拦阻他。由于听累了老人家的唠叨，维奇于是说："论身份、习俗，以及我对你们负的责任而言，我都是诸位的巫师。不过，各位正好借此思考一下：我虽然是仆人，却不是诸位的仆人。等我完事得以回来时，我自当回来。就此告别了。"

黎明，灰色的光在东边的海面上泛出光芒时，两名年轻人乘着"瞻远"，由意斯美港口出发，迎着北风，升起一张强韧的棕褐色船帆。雅柔站在码头相送：与所有站在地海岸边目送男子出海的妻子姊妹一样，没有挥手，也没有高喊，只是戴着灰色或褐色斗篷的帽兜，静静站着。从船上看过去，海岸越来越小，船与海岸之间的海水却越来越宽。

第十章

开阔海

THE OPEN SEA

此时港口已没入视线之外，描画在"瞻远"上的双眼被海浪冲得湿透，定睛注视着愈趋宽阔苍凉的海洋。两天两夜后，这两位伙伴已由易飞墟岛渡海至索德斯岛，百里的航程尽是恶劣的天气与逆向的海风。他们在索德斯岛的港口稍作停留，只把皮水袋装满水，添购一张涂抹焦油的船帆，遮盖保护帆具，以免在这艘没有甲板的船上，受海水和雨水侵蚀。他们没有事先备妥，是因为一般而言，巫师会凭借咒语照料诸如此类的生活小节，也就是最常见、最起码的咒语。的确，只要稍微费点魔法，就能把海水变淡，省去携带淡水的麻烦了。但是，格得好像极不愿意运用法术，也不愿意让维奇运用法术，他说："能不用最好。"他朋友没有多问，也没有争论，因为海风开始注满船帆时，两人都感觉到一股寒如冬风的沉重压力。泊口、海港、宁静、安全，这些都在身后，他们已经转身，前往另一条路途，每件事情都危险重重，每项行动均具有意义。他们启航前进的这条水路上，即使念持最基本的咒语，都可能改变机运，牵动大量和运数的均衡：因为他们正朝向"均衡"的正中心，前往光明与黑暗的交会处。在这种负担下旅行的人，不会随意念咒。

由索德斯岛再度出航，绕行岛屿沿岸，白皑的旷野没入雾岚层叠的山陵。格得又把船转为向南，至此，他们已经进入群岛区的大商贾不曾到过的水域，也就是陲区的极外缘。

维奇没有询问航线，他知道格得没有选择航线，而是往必要的方向而去。索德斯岛在他们后面逐渐缩小暗淡，海浪在船首底下拍动，船只四周尽是海水，苍波万顷，水天相连。格得问："这航路前方有什么岛屿？"

"索德斯岛的正南方没有其他陆地。往东南方远航的话，还可以碰到零星的小岛：培拉莫、寇内、够斯克，以及别称'末境'的埃斯托威。再往下走，就是'开阔海'。"

"西南方呢？"

"罗洛梅尼岛，那也是我们东陲的岛屿之一，附近有些小岛，再过去一直要到南陲，才有一些岛屿：路得、突姆，以及没有人会去的耳岛。"

"我们可能会去。"格得蹙眉道。

"但愿不要，"维奇说，"大家都说那里惹人厌恶，岛上全是骨骸和怪物。水手都传说，在耳岛与远叟岛旁边的海上，还可以看见一些别处看不到的星星，而且都尚未命名。"

"唉，当年带我到柔克岛的那艘船上，就有一个水手提过这件事。他还讲到遥远的南陲有一种'浮筏人'，一年只到陆地上一次，去砍伐大圆木，修建乘筏，其余的日子，他们就随着海洋的浪潮漂流，完全看不见陆地。我倒想看看那些浮筏人的群落。"

"我可不想，"维奇笑道，"我只要陆地和陆地人：让海睡在它的床上，我睡在我的床上。"

"我希望我能看遍群岛区所有的城市，"格得手执帆绳，眼观苍茫大海，一边说道，"像世界的中心黑弗诺岛、神话出生地伊亚岛、威岛的喷泉之城虚里丝，所有的城市和大岛屿，外缘陲区小岛的奇异小城，我也想看看。我还想航行到最西边的龙居诸屿，或是北航进入浮冰区，直抵厚坚岛。有人说，单单一个厚坚岛就比群岛区全部的岛加起来还大；不过也有人说，那里只是暗礁、岩石和浮冰交杂相陈的地方。谁也不知道。我倒很想看看北方大海里的鲸鱼……可是我不能去。我得去我该去的地方——背离所有明亮的海岸。以前我太心急，现在才会没有多余的时间。我把心中盼望的阳光、城市、遥远的异域，都拿去换一丁点力量、一个黑影，以及黑暗了。"于是，格得如天生的法师般，把他的恐惧和憾恨编成一首诗歌，那首简短的哀歌，半颂半唱，不仅是为自己而编，连他的朋友也从《厄瑞亚拜行谊》中摘取字句，作为回应："噢，愿吾重见明亮炉火、黑弗诺白塔……"

他们就这样沿着狭窄的航道，穿越广袤无人的大海。当天所见，大多是一群群向南游的银鱼，没有半条海豚跳跃，也没有海鸥、大型海雀或燕鸥飞翔划破灰沉沉的天空。东方转暗、西方渐红时，维奇拿出食物平分，并说："这是最后的麦酒了。我要敬那位想到在寒冷的冬天里，为两个口渴的男人把酒桶放上船的人：我妹妹雅柔。"

格得一听，马上撇下阴郁的思绪及凝望大海的目光，也诚挚地举酒向雅柔致敬，或许还比维奇更诚挚。一想到雅柔，格得的脑海便感受到她那带着聪颖与童稚气息的甜美。她与他认识的人都不同。（格得还认识其他什么少女吗？但他完全没想过这一点。）"她就像小鱼，一尾小鲤鱼，在清澈的溪河中游着，"格得说，"看似一无防卫，但谁也捉不住她。"

维奇听了，微笑着注视格得。"你真是天生的法师，"他说，"她的真名就叫'可丝'。""可丝"在真言里的意思就是"鲤鱼"，格得也知道，所以这件事让他喜上心头。但过了一会儿，格得低声说道："或许你不应该把她的真名告诉我。"

维奇倒不是轻率出口的，所以他回答说："把她的名字告诉你，就像把我的名字告诉你一样安全。再说，我还没讲出来，你就已经知道了……"

西边由红转浅灰，再由灰转黑，海天已一片漆黑。格得伸展身体，裹着羊毛和毛斗篷，在船底睡觉。维奇手执帆绳，轻声唱着《英拉德行谊》中的句子。那首诗歌讲述那位世称"白法师"的莫瑞德如何驾驭那艘无桨长船，航抵索利亚岛，在春天的樱桃园邂逅叶芙阮的事迹。故事还没讲到悲惨结局时，格得就睡着了。后来讲的是两人的爱情、莫瑞德的死、英拉德毁灭、巨大严酷的海浪淹没索利亚岛的樱桃园。将近午夜，格得醒来看守，换维奇睡觉。小船在汹涌的大海上疾驶，避开吹入船帆的强风，径自航越夜晚。但乌云满布的天空已渐开朗，未至黎明，一轮淡月就已在褐色的云层间，散发着微弱的光。

"月亮在渐蚀。"维奇在黎明时醒来，喃喃说道。不一会儿，冷风就停了。格得仰望着那白色的半圆，在光线逐渐微弱的东边水面上方，却没说什么。冬至后第一次朔月叫作"休月"——与夏季圆月节和长舞节日相反的两极。休月对旅人和病人都不吉利；小孩也不会在这一天授予真名；这一天不唱颂英雄行谊，不动刀剑，不磨锋口，也不立誓。这是一年的暗轴日，诸事不宜。

驶离索德斯岛三天后，他们跟着海鸟及海上漂流物一路来到了培拉莫岛，培拉莫是个高高隆起于灰茫高浪中的小岛，岛上居民讲赫语，但用他们自己独特的方式，连维奇听起来都感觉奇怪。两个年轻人在培拉莫上岸找淡水，并脱离海洋稍事休息。起初，他们受到良好的款待，夹杂着惊奇与骚乱。这岛屿的首要城镇曾经有个术士，但是他发疯了，只会说有条大蛇正在吃培拉莫岛的地基，因此，岛屿不久就会与各个泊口截断，像船一样漂流，漂流到世界边缘。刚开始，这位术士殷勤接待两个年轻巫师，可是谈到那条大蛇时，他就渐渐怀疑地斜眼看着格得；后来甚至当街奚落他和维奇，指称他们是间谍，是海蛇的仆人。之后，岛民也开始冷眼恶语相向，毕竟，术士虽已发疯，却终究是他们的术士。所以，格得与维奇没有久留，天黑以前就动身离开，一路向南方与东方行驶。

航程中，不论日夜，格得都没有谈起黑影，也没有直接提到这趟追寻之旅。至于维奇所提的问题，最接近的也只是（在他们行驶的航线愈来愈远离熟悉的地海诸岛时所问的）："你确定吗？"对这问题，格得只回答："铁能确定磁石在哪里吗？"维奇点点头，两人继续航行，谁也没有多说。不过，他们偶尔倒是会谈起古代法师为了找出有害力量与存在的隐藏名字时，所用过的技巧和策略：帕恩岛的倪茜格如何偷听龙的闲谈，而得知黑法师的名字；莫瑞德又是如何在英拉德岛的战场上，看到敌人的名字被雨滴写在灰尘中。他们也谈到寻查术、召灵术，还有那些只有柔克学院的形意师父才能问的"适当问题"。但格得常在最后低声呢喃："要聆听，必先静默……"这是欧吉安在很久以前的一年秋天，在弓忒山上告诉他的话。格得讲完后便陷入沉默和沉思，一个钟头接着一个钟头凝望航线前方的大海。有时候，维奇仿佛觉得他朋友已经跨越未来的海浪、里程和灰暗的日子，见到了他们追寻的东西，也见到了这趟旅程的黑暗尽头。

他们在恶劣的天候中航经寇内岛与够斯克岛之间，雨雾交加中，他们看不见这两座小岛，第二天才晓得他们已经通过了，因为他们看见前方的小岛上有峭壁，一大群海鸥在上方盘旋飞翔，嗷叫声从远方的海上就可以听见。维奇说："依外形来看，那一定是埃斯托威岛，'末境'。在地图上，这座岛的东边和南边都空无一物。"

"但岛上的人或许知道更远的陆地。"格得回答。

格得的口气带着不安，维奇问道："你为什么这么说？"格得对这个问题的回答仍然犹疑怪异。"不在那里，"他凝视前方的埃斯托威，把那座岛看穿、看透，"不在那里。不在海上。不在海上，在陆上。哪一块陆上？在开阔海的源泉之前，超越起源，在日光大门之后……"

说完，格得陷入沉默。等他再度开口时，声音才恢复正常，宛如刚摆脱某个咒语或视象，而且已经记不清楚了。

埃斯托威的港口位于岛屿北岸的一处河口，两边是嶙峋的高岩。镇上的房舍一律面向北方与西方，好像表示这个岛屿虽然地处偏远，但面孔永远朝向地海，朝向人类。

在没有船只敢在附近海面活动的季节，有陌生人抵达埃斯托威，自然引起了骚动和惊慌。妇女全待在用枝条搭建的小屋里，窥看门外动静；小孩藏在妇女的裙子背后。两名陌生人由海岸上来时，妇女都害怕得退到小屋的阴暗处。衣衫褴褛、勉强抵挡寒冷的男人，如临大敌地把维奇与格得团团围住，每个人手里都握着石制短斧或贝制短刀。可是，一旦恐惧消退之后，他们便热烈欢迎这两位陌生人，并且问个不停。很少有船只来到他们岛上，连索德斯岛和罗洛梅尼岛的船只也很少来。他们没有东西可以交易青铜或上等器皿，甚至连木材也没有。他们的船只是用芦苇编成的轻便小舟，要是能够搭乘这种小舟到够斯克或寇内岛，就是勇敢的水手了。他们就在此处孤零零地世居在各版地图的边缘上。他们没有女巫也没有术士，而且好像没认出象征这两位年轻巫师身份的手杖，他们欣羡那两根巫杖，仅因为是以木头这种珍贵的材质制成。他们的首长或岛主非常年老，全岛唯有他见过群岛区出生的人。因此，格得对他们而言是一番奇景，那些男人回家把儿子带来瞧瞧这个群岛人，好让他们年老时仍记得他。他们不曾听说弓忒岛，只听过黑弗诺与伊亚，还错把格得当作黑弗诺的领主。格得尽力回答连自己也没见过的白色之城的问题，但是到了傍晚，他开始浮躁不安，等到大家拥挤地在宿处的火坑四周围坐，用仅有的燃料羊粪和草捆燃烧而产生的熏臭温暖中，他才终于问村民："你们岛屿的东边是什么？"

大家都沉默，有的人咧嘴而笑，有的人神情凝重。

老岛主回答："海洋。"

"再过去没有陆地？"

"这里是'末境'，再过去没有别的陆地，只有海水一直延伸到世界的尽头。"

"爸，这两位是智者，"一名较年轻的男人说，"他们是水手、航行家，说不定他们知道我们不知道的陆地。"

"这块陆地的东边没有陆地。"老人说道，他久久注视着格得，也没有对他多说。

两个伙伴当天晚上睡在烟熏而暖和的宿处。天还未亮，格得就摇醒朋友，低声说道："艾司特洛，起来了。我们不能待下来，得走了。"

"干吗这么快走？"维奇睡意浓浓地问。

"不快，已经晚了。我跟得太慢，它已经找到逃避我的路，而且要借此置我于死地。决不能让它逃走。不管多远，我都一定要跟着它。要是我跟丢了，我也会迷失的。"

"我们到哪里去跟？"

"向东，快。我已经装满水袋了。"

两人离开宿处时，村民都还没有醒来，只有一个婴孩在某间小屋的黑暗中哭了一会儿，之后又归复沉寂。两人就着暗淡的星光，寻路往下到溪口，把牢系在岩石石堆中的"瞻远"解开，推进漆黑的水中。于是，他们就在休月的第一天日升之前，由埃斯托威岛启程东行，进入开阔海。

当天天空晴朗无云。冷冽的自然风一阵阵由东北方吹来，但格得早已升起法术风，自从离开手岛以后，这是他第一次运用法术。他们朝东方疾驶。阳光照耀海浪，船只飞奔造成泼雾巨浪，他们可以感觉船只与拍打的大浪一同哆嗦。但这艘船不负建造者的承诺，勇猛前行，而且与柔克岛任何一艘用法术编构的船只一样，能诚实不欺地回应法术风。

那天早上，格得完全没有说话，只有持咒更新法术风，保持船帆的力道。维奇则在船尾补眠，虽然睡得不安稳。中午，他们吃东西。格得颇为节省地分配食物，此举含意明显，两人嚼着咸鱼和小麦饼干，谁也没说什么。

整个下午，他们向东破浪前进，完全没有转向或减慢速度。

有一次，格得打破沉默，说道："有些人认为外缘陲区以外的世界全是没有陆地的大海。但有些人却觉得，在世界的另一面还有别的群岛区，或其他尚未发现的广大土地。你赞同哪一方？"

"在这个时候，"维奇说，"我赞同世界只有一面；要是航行过远，那个人就会跌出边缘。"

格得没有笑，他已经完全失去欢欣了："谁晓得在那里会碰到什么？不会是我们这种一直守着自己的海岸和滩头的人。"

"曾有人想要寻找答案，却还没有回来。也没有船来自我们不知道的陆地。"

格得没有回答。

整天整夜，强大的法术风都载送他们凌越大浪，向东前进。格得由日暮一直看守到黎明，因为夜间，那股牵引或驱迫他的力量增强了。他一直观看前方，虽然在无月的夜晚，他的眼睛和船首两旁所画的眼睛一样，什么都看不到。破晓时，他黝黑的面孔因疲倦而苍白，而且冷得全身缩成一团，几乎无法舒展身体休息。他无力地对维奇说："艾司特洛，法术风保持由西向东吹送。"讲完便睡了。

太阳没有升起，不久，雨水由东北方斜打船首。那不是暴风雨，只是冬季漫长寒冷的风雨。不一会儿，这艘开放的船里，所有的东西都湿透了，纵然有他们买的焦油帆布遮盖也没有用。维奇觉得自己仿佛也透湿到骨子里；格得则在睡眠中打着哆嗦。狂暴的风挟带着雨不停吹来，维奇基于对朋友的同情，也可能是同情自己，试图稍微转移风向，但尽管他听从格得的吩咐，保持强大稳定的法术风，他的天候术在距离陆地这么远的海上，力量却很小，开阔海上的风并不听从他的咒语。

见此，一股恐惧爬进维奇心中，他开始怀疑，要是他和格得继续一直远离人类居住的陆地，他们还能剩下多少巫术力量？那天夜里，格得再度看守，整晚都保持船只东行。天亮时，自然风不知何故减弱，太阳有一阵没一阵地照射；但汹涌的大浪翻腾得异常高昂，使得"瞻远"必须倾斜，爬上山丘般的浪头，悬在山巅，继而突然陡落，下一波浪来再爬上去，再下一波，再下一波，没完没了。

那天傍晚，维奇在长久的沉默之后开口了。"我的朋友，"他说，"有一次，你好像很肯定地说过，我们最后一定会到达陆地。我不怀疑你的远见，但照这情况看来，那恐怕是个幌子，是你追随的东西制造出来的骗局，诱使你前进到一般人无法航行的海洋。因为一到陌生的奇异海域，我们的力量就可能变弱，但黑影却不会疲累、不会饥饿、不会溺毙。"

他们俩并肩坐在船梁上，但格得却好像由远处越过深渊，注视维奇。他的双眼忧虑不安，回答相当缓慢。

最后他说："艾司特洛，我们很靠近了。"

听格得这么说，维奇明白事实如此，不由得害怕起来。但他却把一只手放在格得肩上，说："嗯，那就好，那就好。"

当天晚上，仍由格得看守，因为他无法在黑暗中成眠，到第三天早上他仍然不肯睡。他们依旧不停地越海疾驶，维奇讶异格得的力量居然能一个钟头接着一个钟头地操作强大的法术风，因为在这开阔海上，他只感到自己的力量完全削弱，不听使唤。他们继续前进，前进到好像连维奇也渐渐认为格得说过的话会应验，而他们正前往海洋的源头之外，向日光之门的后方东行。格得待在船里，身体保持前倾，始终注视着前方。只不过，他现在不是看着海洋——或者说，不是维奇所见的海浪滔滔直达天际的海洋。在格得眼里，苍茫的大海和天空被一层黑暗的幻象覆盖遮蔽住，而且黑暗一直扩大，遮蔽物一直增厚。维奇完全看不到这景象，只有在注视朋友的面孔时，才会霎时见到那层黑暗。他们继续前进，不停前进。虽然同一股风载送同一条船的两个人，但仿佛维奇借自然风向东，而格得却独自进入一个没有东方西方、日升日落、星起星沉的领域。

格得突然在船首站起来，出声念咒，法术风于是止息。"瞻远"失去航行的方向，就像木板一样，在澎湃的波涛上高举又落下。自然风尽管照旧由北方强劲吹来，船帆却松垂下来，没有动静。船悬在波浪上，任由海浪大幅缓慢摆动而摇晃，但未朝任何方向前进。

格得说："把船帆降下来。"维奇迅速照办。格得自己则取桨安入桨座，弓身划桨。

维奇极目四望，只见巨浪滔天翻地，他不了解为什么现在要划桨前行。但他静静等候，不多时，他注意到自然风渐渐转弱，巨浪慢慢减少，船只起伏也愈来愈小，最后，海水几乎静止，船只好像在格得有力的划桨动作下前进，水面几乎静止不动，就像在内陆海湾里。尽管维奇看不见格得所见，但他在格得划桨的空隙之间，不断从格得的肩膀上方看去，想知道船的前面到底有什么。静止的星辰下，维奇虽然看不见那些黑暗的斜坡，但他运用巫师之眼，渐渐看到船只四周，有股黑暗在波浪凹陷处膨胀，还看到巨浪被沙子噎住，越来越低缓。

把开阔海变得有如陆地，若这是幻象魔术，可真神奇得难以置信。维奇努力集中智力和勇气，开始施展显真术，他在每个缓慢音节的字间，注意这片汪洋离奇干涸浅薄的幻象是否改变或动摇。但什么也没变！虽然显真术只对视觉揭露真相，不影响运作中的魔法，但或许是这个咒语在此地无效，也或许根本没有幻象，而是他们已经到了世界的尽头！

格得没有注意这些，他越划越慢，并回头瞻顾，在他看得见的海峡、礁石、沙洲之间，小心选择路线。在龙骨的拖曳下，船身也随之震动。龙骨下是辽阔深邃的大海，他们却触礁了。格得拉起桨座中的桨，由于四周没有其他声音，那咔嗒声听起来恐怖异常。所有的海声、风声、木头声、帆声都已远离，消失在广阔深奥，可能永世不曾打破过的寂静中。船只静止不动；没有一丝微风；海洋已转为沙粒，幽暗沉静；万物在黑暗的天空下，在干枯虚幻的地面上，均固定不动。极目所见，地面向四方不断延伸，最后都聚拢在船只周围的黑暗之中。

格得站起来，拿着巫杖，轻轻跨越船边。维奇以为他会跌倒，沉入那片必定潜藏在干枯朦胧的罩纱后的大海，虽然罩纱把海水、天空、光线都隐藏起来了，但维奇肯定那后面是大海。但大海已不复存在，格得是步行离船的，深暗的沙子在他走过的地方留下足印，而且在他的脚下小声作响。

格得的巫杖开始发光，那不是假光，而是清晰的白色光照，很快就变得明亮异常，使格得握着耀眼木杖的手指也随之泛红。

他大步向前，远离船只，但没有方向。这里没有方位，没有东西南北，只有向前和远离。

在维奇眼中，格得承载的光亮宛如一大颗缓缓穿越黑暗的星星，周围的黑暗逐渐浓黑密集。格得所见亦如是。他借着光芒，始终望向前方。一会儿，他见到光亮的模糊边缘有个黑影，正越过沙地向他靠近。

　　起初它没有形状，但在靠近的途中，渐渐有了人的外形。那似乎是个老人，苍白而严厉，朝格得走来。可是，虽然格得看这人形依稀像他的铜匠父亲，但他也看得出来，这人形是个年轻人，而非老人。那是贾斯珀，傲慢、俊美、年轻的脸庞，灰斗篷上有银色扣环，步伐大而僵硬。他那怨恨的表情穿透黑暗广布的空气，直盯着格得。格得没有中止前进的脚步，只是放缓步调。格得一边向前，一边把巫杖举高些。巫杖更为明亮了，在手杖的光照下，贾斯珀的相貌由那个趋近的形体掉落，变成了沛维瑞。但沛维瑞的脸孔肿胀而苍白，像是溺水的人，还怪异地伸出一只手来，像在招手。虽然两人间仅有数码之遥，但格得仍然没有停步，继续向前。这时，面对他的东西整个改变，有如张开巨大的薄翼，向两边伸展、翻动、胀大、缩小。霎时，格得由此看出史基渥的白脸孔，接着是一双混浊瞪视的眼睛，然后突然又变成一张他不认识的恐怖脸孔，不知是人还是怪兽，长着翻翘的嘴唇，眼睛就像是幽黑空洞的大坑。

　　格得见状，便将巫杖举高。巫杖的光芒，亮得叫人吃不消，照耀出白花花、亮澄澄的光，足以逼近及松动最古老的黑暗。在这片光照中，所有人形一概脱离那向格得走来的东西。那东西于是紧缩变黑，改用四只有爪的短脚爬越沙地。但它继续朝格得靠近，并抬起一个不成形的大鼻子，没有唇、耳、眼。等到鼻唇眼耳都聚拢时，在巫杖白亮的法术光照中，它变成一团漆黑，奋力使自己直立。寂静中，人与黑影迎面相遇。双方都停步了。

格得打破了万古寂静，大声而清晰地喊出黑影的名字；同时，没有唇舌的黑影，也说出相同的名字："格得。"两个声音合为一声。

格得伸出双手，放下巫杖，抱住他的影子，抱住那个向他伸展而来的黑色自我。光明与黑暗相遇、交会、合一。

远远的沙地上，维奇透过昏暗的微光畏惧地观看，在他看来，格得好像被打败了，因为他看到清晰的光亮减弱渐暗。这时，他心中充满愤怒和失望，立刻跳到沙地上准备协助朋友，或与他同死。他在干燥陆地的空荡微光中，跑向那个微小渐弱的微光。可是他一跑，沙地顿时在他脚下沉陷，他有如在流沙中挣扎，在沉重的水流中奋进，直到一声轰然巨响，灿烂的日光，冬天的酷寒，海水的苦咸又重现之后，世界恢复了，他也在湍急、真实、流动的海水中翻滚。

不远处，船在灰茫的海浪上摇晃，里面空无一物。维奇看水面上没有其他东西，汹涌的浪头拍打水花渗入他眼中，遮住了视线。他不是游泳好手，只能尽全力挣扎回到船边，爬进船里。咳嗽之余，他还设法拭去从头发流下来的海水。他绝望地四顾，不晓得看哪个方向才好。最后，他看到海浪中有个黑黑的东西，远远地就在刚才的沙中——现在是汹涌的海水。他跳上桨座，用力划向他的朋友，然后抓住格得的两只手臂，把他拉上船。

格得一脸茫然，两眼呆滞，仿佛什么也没看见，但身上看不出有任何伤口。他那根黑色的紫杉巫杖已全无光亮，但他仍紧握在右手，不肯松开它。他精疲力竭，身体湿透颤抖，一句话也没说，只管走去靠着桅杆，缩起身子躺下，也不看维奇。维奇升起船帆，把船只转向，迎着东北风。就在航线的正前方，日落处的天空转暗，云层犹如绽放着湛蓝光芒的海湾，新月就在其中闪亮。至此，格得才重新看见这世界的东西。那弯角似的象牙色新月，反射着太阳光，照亮幽黑的海洋。

格得抬起脸，凝视西天那一轮遥远明亮的新月。

他凝视了很久，然后起身站直，如战士握持长剑般，以双手合握巫杖。他看看天空、海洋、头上方那饱满的褐色船帆，与他朋友的脸。

"艾司特洛，"他说，"瞧，完成了，过去了。"他笑起来。"伤口愈合了，"他说，"我现在完整了，我自由了。"说完，他弓身把脸埋在臂弯里，像小男孩般哭泣起来。

在那一刻以前，维奇一直提心吊胆看着格得，因为他不清楚在那黑影的沙地上，到底发生了什么事。他也不知道与他一同在船上的是不是格得，所以一连好几小时，他一直把手放在锚上，随时准备凿穿船板，在途中把船沉入海里，不要把邪恶的东西带回地海任一港口，因为他担心邪恶的东西可能已借用格得的外貌和形体。这时，他看看他朋友，听见他说话，疑虑一扫而空。而且他渐渐明白真相，明白格得既没有输，也没有赢，只是以自己的名字叫出黑影的名字，借此使自己完整，成为一个人——一个了解整体真正自我的人，除了自己以外，他不可能被任何力量利用或占有，因此他只为生活而生活，决不效力于毁坏、痛苦、仇恨或黑暗。那首最古老的诗歌《伊亚创世歌》中说："唯静默，生言语；唯黑暗，成光明；唯死亡，得再生；鹰扬虚空，灿兮明兮。"维奇一边维持船只向西航行，一边把这首歌唱得响彻云霄，冬夜的寒风由开阔海吹打两人的背后，但歌声在他们前方奔驰。

他们航行了八天又八天，才头一次看见陆地。这期间，他们好几次得运用法术把海水变甜，装满水袋；他们也钓鱼，但尽管高念渔夫咒语，渔获还是很少，因为开阔海的鱼不知道自己的真名，所以也听不懂法术。等到没剩多少东西可吃，只有几小片烟熏肉时，格得想起他从炉里偷饼时，雅柔说过，等他在海上挨饿时，会为曾经偷饼吃而懊悔。可是，肚子虽然饿，这记忆却使他开心。因为她也说过，格得会与她哥哥再回家来。

往东航行时，他们在法术风的吹送下，只花了三天，但他们却花了十六天西行返家。不曾有人像艾司特洛与格得这两位年轻巫师一样，在冬季休月日驾驶开放式渔船，远航至开阔海再返回。他们回程没有遭遇暴风雨，而是稳稳当当利用罗盘和托贝仁星，驾船取道于较去程稍微往北的航线。因此，他们不是由埃斯托威回来，而是在看不见远托利岛和斯乃哥岛的情形下，经过这两座岛屿，这两座岛是狗皮墟岛最南角的外海中，最早升起的陆地。在海浪上方，他们看见岩石悬崖突起如堡垒，海鸟在浪花上翱翔，小村的蓝蓝炉烟在风中飘散。

从那儿返回易飞墟岛，航程就不远了。他们在落雪前的幽静傍晚驶入意斯美海港，把"瞻远"这条载他们去死亡国度海岸又返回的小船系好，穿过窄街回到巫师的家。他们踏入屋檐下的火光和温暖时，心情非常轻盈，雅柔开心呼叫着跑出来迎接他们。

即使易飞墟岛的艾司特洛信守承诺，把格得首桩卓越的事迹编成歌谣，那段歌谣也散失了。东陲地区流传一个故事，说有条船在无涯无底的海洋，距所有海岸数天航程的地点搁浅了。易飞墟岛的人说，驾驶那条船的人是艾司特洛；托壳岛的人说，是两个渔民被暴风雨吹到遥远的开阔海上；在猴圃岛，故事则说驾船的是猴圃岛的渔夫，他没办法把船驶离搁浅的隐形沙，所以那条船至今仍在搁浅处漂游。也就是说，这么多年来，黑影之歌向来都只有传说的片断，宛如浮木般，在各岛屿间漂流。《格得行谊》中，完全没有谈到那次旅程，也没有提到格得与黑影相会的事。歌中所叙述的，都是后来的经历，包括他航行至龙居诸屿；由峨团古墓把厄瑞亚拜之环带回黑弗诺岛，以及最后以"举世诸岛之大法师"的身份，重返柔克学院。

读客®
科幻文库

跟着读客读科幻，经典科幻全看遍

太空歌剧、赛博朋克、奇幻史诗……

中国、美国、英国、俄罗斯、波兰、加拿大、日本、牙买加……

读客汇聚雨果奖、星云奖、轨迹奖获奖作品

精挑细选顶尖的科幻奇幻经典

陪伴读者一起探索人类文明的过去、现在和未来

亿亿万万年，直至宇宙尽头

图书在版编目（CIP）数据

地海传奇：地海巫师 /（美）勒古恩
(Le Guin,U.K.) 著；蔡美玲译. -- 南京：江苏文艺出
版社，2013.10（2023.12重印）
（读客全球顶级畅销小说文库）
ISBN 978-7-5399-6480-5

Ⅰ.①地… Ⅱ.①勒… ②蔡… Ⅲ.①长篇小说 - 美
国 - 现代 Ⅳ.①I712.45

中国版本图书馆CIP数据核字 (2013) 第 180235 号

地海传奇：地海巫师

[美] 厄休拉·勒古恩 著　　蔡美玲 译

责任编辑	丁小卉	
特约编辑	孟汇一	胡艳艳
封面设计	陈　昭	
责任印制	刘　巍	
出版发行	江苏凤凰文艺出版社	
	南京市中央路 165 号，邮编：210009	
网　址	http://www.jswenyi.com	
印　刷	三河市龙大印装有限公司	
开　本	890毫米×1270毫米 1/32	
印　张	7.75	
字　数	133千字	
版　次	2013 年 10 月第 1 版	
印　次	2023 年 12 月第 33 次印刷	
标准书号	ISBN 978 - 7 - 5399 - 6480 - 5	
定　价	39.90 元	

江苏凤凰文艺版图书凡印刷、装订错误，可向出版社调换，联系电话：010-87681002。